FAMILLE

DE CASAMAJOR

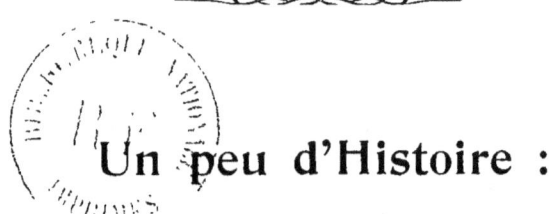

Un peu d'Histoire :

SA NOBLESSE

SES ALLIANCES ET SON EXPANSION

Prix : 10 francs

PARIS (6ᵉ)

LIBRAIRIE ALPHONSE PICARD

82, RUE BONAPARTE, 82

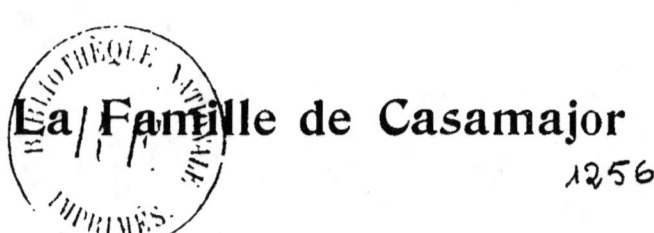

La Famille de Casamajor

1256

FAMILLE

DE CASAMAJOR

Un peu d'Histoire :

SA NOBLESSE

SES ALLIANCES ET SON EXPANSION

PRIX : 10 FRANCS

PARIS (6ᵉ)

LIBRAIRIE ALPHONSE PICARD

82, RUE BONAPARTE, 82

PRÉFACE

I. — *Plusieurs personnes ont demandé quelques renseignements — et sur la parenté de la famille* **Jean** de **Casamajor**, — *et sur le blason de cette famille,* blason *qui n'est pas tout à fait semblable à celui du marquis* **Arnaud** de **Casamajor**.

Mais **Jean** de **Casamajor** *mourut le 24 août 1888, en la métairie de son fils Louis, alors absent : ce dernier dirigeait un grand pèlerinage roussillonnais, de Perpignan et de l'Aude, à Montserrat.*

Durant ce voyage, si malheureusement interrompu par la dépêche qui annonçait la mort de **Jean** de **Casamajor**, *les papiers de famille déjà dispersés ou détruits par les révolutionnaires de 1792, furent encore égarés, sauf quelques-uns qui ont peu d'importance. Il a donc fallu, pour donner satisfaction aux personnes qui avaient interrogé, recourir à d'autres documents et c'est le fruit de ce travail qui est contenu dans les pages suivantes.*

Après avoir brièvement rappelé les divers principes de noblesse appliqués dans le Roussillon, nous exposerons une généalogie de la famille et sa grande expansion. De ces principes et de ces faits, nous tirerons ensuite les justes conséquences qui en découlent pour les de **Casamajor**, dont la famille en son état actuel (au moins partiel) sera exposé : on verra qu'elle est toujours fidèle à sa belle devise :

Fortitudine et virtute majores.

Ce travail renferme-t-il quelque erreur ? — C'est toujours possible, mais l'erreur n'est point volontaire.

Nous serons donc très obligé à l'aimable Lecteur qui, le cas échéant, nous en informera et qui, nous indiquant la correction à faire, voudra bien la justifier.

CLÉMENT BOISSIER

Juillet 1905.

———————

La Famille de Casamajor

CHAPITRE PREMIER

PRINCIPES QUI JUSTIFIENT LES CONCLUSIONS FINALES

1. — Ces *principes* sont tirés 1° de l'abbé **Xaupi** (*Recherches sur la noblesse*, Paris, chez Nyon, 1763) ; 2° des **Archives Nationales** (T. CXIX, Perpignan et B_{III}, 119) ; 3° de M. A. J. **Duvergier** (*Mémorial historique de la noblesse*, 1839) ; 4° de M. J. A. **Brutails**, archiviste de la Gironde (*Études sur la condition des populations du Roussillon au moyen âge*) ; 5° enfin, de l'**Ami du clergé** (N° du 22 Juin 1905).

1° L'ABBÉ XAUPI

2. — A la page 139, il donne la preuve de *la noblesse des citoyens* « la plus complète qu'il soit possible d'imaginer », en citant un **acte officiel de Charles-Quint,** délivré l'an 1542, en faveur de Jacques Antich Triniach :

« Considérant, dit ce prince, les services que vous avez rendus, notamment dans le siège que la ville de Perpignan vient de souffrir de la part des François ; considérant encore l'état de vos ancêtres qui ont vécu honorablement et comme les anciens citoyens majeurs qui sont des *hommes nobles* et que, pour cette raison, vous méritez l'honneur de la noblesse... c'est pourquoi nous vous élevons *vous et vos descendants, à perpétuité, à l'état, honneur et condition noble de citoyen de Perpignan*... Voulant que vous et votre postérité jouissiez tant pour les biens que pour les personnes de tous et chacun des honneurs, grâces, privilèges, franchises, immunités, libertés et usages dont les citoyens majeurs ou personnes nobles de race, de citoyens ou de parage, jouissent et doivent jouir suivant les usages de Barcelone, les constitutions de Catalogne, les observances et privilèges de nos autres royaumes et domaines et de tous les autres pays de quelque manière que ce soit. »

3. — A la page 184, il parle, dans les termes suivants, sur la **Transmissibilité de la noblesse aux descendants et à perpétuité :**

« Il n'est pas moins certain que ces lettres de chevalerie attribuent la transmission perpétuelle aux descendants, puisqu'elles donnent et la noblesse et la chevalerie aux enfants *des citoyens nés et à naître, et aux descendants de ceux-ci en ligne masculine :* expressions qui sont répétées *huit fois* dans le privilège des citoyens de Barcelone et *six* dans celui des citoyens de Perpignan... ; cela n'a pas besoin de commentaires... »

Le même auteur ajoute ensuite, à la page 185 :

« La chevalerie est incorporée à la noblesse des citoyens ; la prohibition d'entrer comme citoyens au second ordre des états et la dispense de l'armature ne donnent aucune atteinte à cette chevalerie. Et les lettres qui la confèrent communiquent d'abondant les trois caractères constitutifs de la noblesse, savoir *l'universalité des prérogatives,* L'INHÉRENCE A LA PERSONNE et **la transmission aux descendants :** ce qui est si constant que depuis l'an 1510 jusques à la révolution de 1714, les rois d'Espagne n'ont pas employé d'autre formule que celle de ces lettres, pour créer les citoyens

nobles de Barcelone de rescrit, auxquels ils préten-
daient conférer et la noblesse et la chevalerie. »

2° PRINCIPES CITÉS DANS LES ARCHIVES NATIONALES

4. — Un passage fait connaître, à la page 14 du
Tome CXIX, les habitudes locales du Roussillon, sur
les TROIS ORDRES :

« Les trois Ordres qui composaient ces assemblées
étaient :

« *Le Clergé,* composé par des Archevêques, Evêques et sindics des chapitres des Cathédrales ; des Abbés
prieurs des monastères qui possédaient des biens et des
terres en justice, et des commandeurs et chevaliers
de Malthe ; et il était appêllé *Brachium ecclesiæ,* bras
ecclésiastique.

« *L'ordre de la noblesse était composé par les Gentilshommes titrés, les Seigneurs des terres et par tous les
nobles de la province* et il était appêllé BRACHIUM
MILITARE, bras militaire.

« Le Tiers-Etat composé des sindics et députés des
villes royales appêllé BRACHIUM REALE, Bras royal. »
(Tableau de la tenue des Etats en Catalogne.)

5. — Il est ensuite question des espèces diverses de
bourgeois et des chevaliers : « Il existe en Roussillon
une disparité ignorée partout ailleurs, entre un anobli
et un simple jouissant des immunités de la noblesse. Il
faut connaître les institutions et usages observés dans
la province pour faire cette distinction. *Les bourgeois
honorés* l'ont faite eux-mêmes, puisque, pour s'élever
au rang des nobles de titre, ils ont sollicité et obtenu
des lettres d'anoblissement revêtues des formes usitées,
et dès lors ils se sont fait inscrire dans la liste des

nobles. Les citoyens de Barcelone en ont usé de même manière et par leurs lettres d'anoblissement sont admis dans l'ordre de ce qu'on appelle des CHEVALIERS, en catalan *cavallers,* ce qui est synonyme de *noble.* Mais quel avantage ont-ils obtenu, si la noblesse leur était déjà acquise par leur privilège ? »

3° DÉTAILS FOURNIS PAR M. A. J. DUVERGIER

6. — Quelques nouvelles indications se trouvent dans le *Mémorial historique de la noblesse,* par M. Duvergier (1839). Sur la Catalogne, il s'exprime de la manière suivante (T. I, p. 249) : « ... Ces habitants étaient partagés en trois classes, comme dans les municipes romains : *la première,* qu'on appela en catalan *ma major,* la main majeure, composée des citoyens les plus riches qui n'exerçaient aucun négoce ni aucune industrie ; la seconde, en catalan MA MITJANA, main moyenne, comprenant les principaux négociants ou mercadiers, surtout ceux qui avaient entre leurs mains le commerce des draps fabriqués dans le pays, et la troisième, dix fois plus considérable que les deux autres ensemble, nommée en catalan **ma menor,** main mineure, et réunissant les artisans, les marchands et les manouvriers de toute espèce.

« Ces trois classes formèrent naturellement la hiérarchie de la milice bourgeoise : la **dernière** fournit les **soldats,** la main MOYENNE les OFFICIERS, et la *main majeure* les commandants. Ceux-ci, dont l'autorité civile survivait au commandement militaire, étaient seuls élevés au rang de nobles ; les *mercadiers* n'avaient que des privilèges de *bourgeoisie* et les **roturiers** de la **troisième classe** jouissaient de quelques droits de

cité, tels qu'exemption d'impôts et nomination élective
de certaines charges inférieures pendant la paix, en
dédommagement de ses fatigues et de ses dangers pendant la guerre ; car, ils ne recevaient pas de solde
ni de butin à l'exemple des combattants enrôlés
sous la bannière des rois, des comtes et des seigneurs. »

7. — Duvergier complète ces renseignements par
ces lignes plus précises encore, au point de vue de la
noblesse :

« La *Noblesse de Catalogne* était une des plus anciennes et des mieux prouvées : les vieilles chartes qui
l'appellent le *bras des magnats,* des nobles, des chevaliers, des généreux et des hommes de parage, nous
font connaître ainsi les QUATRE CLASSES qu'elle renfer-
mait : celle des magnats, *magnatûm,* en catalan *las potestates,* n'admettait que les grands tels que les vicomtes,
les comptors et les vavassors qu'on qualifiait de *barons*
en ajoutant à ce titre générique l'épithète d'honneur
d'illustres ou de très illustres ; *la seconde classe, nobi-
lium,* appartenait aux nobles de titre qui avaient le
droit de bannière et qui pouvaient conférer la chevalerie : ils prenaient seuls pour épithète d'honneur la
qualification de *nobles* avec le prénom de don (ou dom, du mot
latin *dominus,* seigneur) ; — la troisième classe était celle des
chevaliers, *militum,* qui devaient à eux-mêmes ou à
leurs ancêtres le grade de la chevalerie : ils avaient
l'épithète d'honneur de *magnifiques ;* enfin, *la quatrième classe,* celle des généreux ou écuyers et des
hommes de parage, *generosorum et hominum de para-
tico,* ne comprenait que des anoblis. Or, les anoblis,
quoique membres de la noblesse, étaient toujours distingués des nobles de fiefs... »

4° Conclusions générales de M. J. A. Brutails
Ancien archiviste de Perpignan et actuellement archiviste de Bordeaux.

8. — Après certaines études faites avec attention dans les Archives de Perpignan, M. J. Brutails a pu écrire ces lignes (p. 198) : « Or, qu'était-ce que ces *bayles nobles ?* C'étaient, sans nul doute, les bayles vivant noblement, mangeant du pain de froment et possédant un cheval ; c'étaient ces bayles jouissant d'une position aisée, auxquels les *Usages* accordent le même *wergeld* qu'aux chevaliers ; car, la *baylie* n'était pas une cause de dérogeance. Et de fait, certains *bayles* étaient *chevaliers*. » En note, se trouve le passage suivant : « 16 mars 1284. Accord consenti par A. de Tordère, **chevalier,** *bayle* de Tordère et de Fourques pour l'abbé d'Arles » (Notaires, N° 14, fol. 15). Il ajoute ensuite (p. 200) : « ... En somme, c'est la chevalerie, réservée à certaines familles, qui est d'abord et par-dessus tout caractéristique de la noblesse... *Le noble,* c'est le brave, l'homme fort et expert aux armes, qui, à la tête d'une troupe, au lieu de s'enfuir et de payer rançon, présente sa poitrine, tient ferme et protège un coin du sol... Ce caractère militaire de l'aristocratie laïque s'altéra et disparut avec le temps ; on prit pour la noblesse ce qui en était la conséquence ou l'attribut, telle exemption d'impôt, telle prérogative d'ordre politique ou privé, accordées aux gens de condition les plus pacifiques... »

5° Conclusions de l' " Ami du Clergé "
(Numéro du 22 Juin 1905, pp. 553-554.)

9. — Parlant des Armoiries d'une manière générale, l'*Ami du Clergé* s'exprime en ces termes : « I. Les *armoiries* sont, dans l'ordre civil, un signe de convention qui sert *le plus ordinairement* à indiquer et à représenter la noblesse. Nous disons : *le plus ordinairement;* car, si toute personne a droit par cela seul à des armoiries propres, les armoiries par elles-mêmes ne désignent pas exclusivement une personne noble. C'est ainsi qu'avant la Révolution, *en France,* on voyait beaucoup de bourgeois, par fantaisie ou pour un motif quelconque, se créer un blason et le transmettre à leur postérité, sans préoccupation aucune d'idées de noblesse, ni pour le public, ni pour eux-mêmes. Cet usage s'est maintenu *en Italie,* où il se pratique sur une grande échelle.

10. — « II. Dans l'*Ordre ecclésiastique,* les armoiries ne sont pas, même accidentellement, un signe de noblesse. Elles n'indiquent qu'une dignité ou charge ecclésiastique ; en sorte que *tout dignitaire,* noble ou non, par cela seul qu'il est en charge, *a le droit et le devoir de s'en constituer* de personnelles pour servir en cas de besoin. Bien entendu, si par lui-même le dignitaire a déjà des armoiries de famille, il les conserve ; mais, s'il n'en a pas, il est de rigueur qu'il s'en compose conformément aux règles de l'art héraldique...

« De même que pour celles de la noblesse, on doit attribuer cette pratique à la nécessité de distinguer les sceaux apposés par différents personnages sur les actes publics. » Qui donc ? le Pape, les Cardinaux, les Archevêques, les Evêques, les Abbés généraux, les Protonotaires apostoliques, les Chanoines, les Bénéficiers, les simples prêtres. Tous ceux qui ont un *titre précaire,* comme chapelain, aumônier, vicaire, etc., peuvent aussi se créer des armoiries ; mais, ils ne peuvent se prévaloir d'aucune distinction honorifique. » (Barbier de Montaut, *Traité pratique de la construction des Eglises*, I, 460-480.)

11. — Quelques mots encore. *Un privilège,* d'après une coutume séculaire, *attribue à l'aîné des enfants mâles* une part de succession plus considérable que celle de ses frères et sœurs ; ce droit a son origine dans la nature même du fief. En effet, le fief étant concédé à charge militaire, l'obligation du service militaire dû par le vassal eut pour conséquence l'indivisibilité du fief et par suite son attribution à l'aîné des enfants mâles ; le fief, du moins à l'origine, ne pouvait passer aux femmes incapables de le desservir.

Le *droit d'aînesse* comprenait en Catalogne :

1° Le privilège d'avoir le quart de l'héritage paternel, y compris les biens maternels ; puis, la portion adéquate sur le reste de l'héritage.

2° *Une certaine autorité quasi-paternelle* sur les frères puînés, autorité qui s'exerçait en plein à la mort du père.

La principale raison du *droit d'aînesse* était le maintien des grandes familles dans leur dignité.

3° *Aussi, le fils aîné d'un duc, d'un marquis, d'un comte... était-il lui-même duc, marquis ou comte* (n° 2).
(Cf. Dict. de Paul Guérin, art. *aînesse*).

Voilà pourquoi « *l'usage a été établi de donner le titre familial à l'aîné des enfants mâles* qui devenait duc ou marquis... », au décès du père, suivant que ce dernier lui-même était duc, ou marquis, ou comte.

Les autres enfants ont le titre de *comte ;* le titre de *vicomte* est réservé au fils d'un comte.

De plus, le titre de comte est héréditaire.
(Cf. Dict. de Paul Guérin, art. *comte*).

CHAPITRE II

FAITS

12. — Les faits peuvent être divisés en deux séries :

1° Ceux qui précèdent la Révolution française ;

2° Ceux qui datent, ou à peu près, de cette Révolution jusqu'à nos jours.

Je ne crois pas pouvoir mieux commencer ce point particulier de mon sujet que par la citation suivante d'un auteur catalan :

« Il n'y a pas de motif pour donner une liste aussi sommaire des noms, de la généalogie et de la descendance des comtes de Roussillon. Car, si l'on a, pour ceux de Barcelone, imprimé tant de volumes, il n'en existe aucun jusqu'ici sur ceux du Roussillon. Aussi, m'a-t-on donné l'autorisation de prendre la plume et de citer les comtes (1) particuliers qu'il y a eu dans le Roussillon ; ils sont tirés des actes, des écritures et des notes anciennes des dits comtés, comme de ce que les historiens nous ont laissé séparément par écrit. J'ai l'habitude de parler sommairement de ceux dont je n'ai trouvé que la mention ; pour le reste, il y aura des lacunes... Si le lecteur n'a pas satisfaction, il pourra, quand il trouvera d'autres noms ailleurs, se dire que je n'ai point vu d'auteur jusqu'ici, qui ait écrit leur descendance et auquel je puisse me référer... » (2)

(1) Sous ce nom, l'auteur désigne simultanément, — suivant les habitudes locales, — les ducs, les marquis, les comtes...

(2) André Bosch : Sommaire, index ou épitomé des admirables et très nobles titres d'honneur de Catalogne, Roussillon et Cerdagne. Imprimé à Perpignan, l'an 1628.

« *Nos es raho donar noticia tant sumaria dels noms,*
Genealogia, y descendencia dels comtes de Rossello com
dels de Barcelona, com de ells, y aja impressos tants
volumes, y dels de Rossello en particular fins assi
ningu, y aixi se me ha de donar llicentia de allargar la
pluma en referir los comtes particulars que y a aguts de
Rossello trets de actes, escriptures, y notes antigues de
dits comtats, y delque tant separadament han deixat escrit
los Historichs ; sols referir aquels sumariament dels
quals he trobat sols memoria, en lo demes faltara sinos
satisfa lo Lector quant trobara altres en altra part, podra
ajustar que jo ne he vist altre autor fins assi qui aja
escrita llur descendencia quem puga a ell referir... »
(P. 155) (1).

1° Faits qui précèdent la Révolution

13. — Il est utile, croyons-nous, de bien observer
qu'avant la Révolution l'orthographe des noms propres
variait beaucoup ; elle dépendait à la fois, et de la contrée où habitaient les membres de la famille, et de
leur science orthographique si variable à cette époque.

Conséquences légitimes. — Avant de les
exprimer, nous croyons avantageux de faire bien comprendre comment cette famille a pu être nommée *de*
Casamajou, *de* **Casamajor.**

Ce qui est *supérieur* est ordinairement qualifié par
l'adjectif *majou* (V. Vidal, *Histoire du Roussillon*) :

S'agit-il d'un château ? On le nomme *Castell Majou,*
Castell Major (p. 427.) — «... *l posaven al* CASTELL
MAJOR, *y la Regina com entra portave un vel davant la*

(1) Andreu Bosch, Summari, index, o épitomé dels admirables y nobi-
lissims titols de honor de Cathalunya, Rossello y Cerdanya. Vila de Per-
pinya, any 1628.

cara : ils étaient hébergés au grand château, au château supérieur ; et la reine, en entrant, portait un voile devant le visage » (p. 341).

Il en était ainsi dans tout le royaume d'Aragon.

Or, la *maison* était désignée par le mot *Casa : Casa de Comedias,* maison de séances récréatives (p. 468).

Et quand il a fallu désigner une *grande famille,* on l'a fait en nommant la *Maison,* CASA, — et en ajoutant à ce mot l'adjectif *supérieur,* MAJOR. Comme d'ailleurs ces deux termes ne devaient servir à nommer qu'une seule famille, — on les a réunis en un seul mot et l'on a obtenu : CASAMAJOU ; puis, **CASAMAJOR,** — la *maison supérieure,* la famille supérieure, **la grande famille.**

Le mot *en français* est même devenu *Grandmaison.*

14. — Aussi, voyons-nous le nom *Casamajor* écrit de huit manières différentes :

— **Casamajor,** MARQUIS d'*Oneix.* — *Languedoc :* Ec. : aux 1 et 4 d'azur, AU CHEV. D'OR, accompagné en p. d'une flèche d'argent, posée en pal ; au chef de gu., ch. DE TROIS ÉTOILES D'ARG. ; aux 2 et 3 d'azur au lion d'or.

— **Casamajour.** — *Lang.* D'azur à une tour d'arg., accostée de deux taureaux pass. et aff. d'or ; au chef de gu. ch. de trois étoiles d'or.

— **Casamajor.** — *Asturies.* D'arg. à une tour de deux étages au nat., accostée de deux arbres de sin., le tout soutenu d'une terrasse de même ; à la champagne d'arg. ch. de deux fasces ondées d'azur, la dite tour ch. d'un écusson éc. de gu. à cinq fleurs de lis d'or, 2, 1 et 2, et d'or à cinq croiss. de gu., 2, 1 et 2 posé au-dessus de la porte.

— **Casamajor.** — *Guyenne, Guadeloupe.* D'azur au lion d'or d'arg. en chef de deux étoiles du même ; à la fasce de gu., br. sur le tout. (Les armes ont été enregistrées à la Guadeloupe, en 1768.)

15. — Ces quelques exemples sont suffisants, croyons-nous, pour bien montrer que *le même nom de famille* s'écrit, selon les lieux et les personnes, Casamajor, Casemajor, Casamayor, Casemayor, Casamajour, Casemajour, Cazimajou et Cazemajour...

16. — Consultons maintenant, d'une manière successive, l'Armorial des Landes du Baron de Cauna, d'Hozier (Ordre de Saint-Louis) et l'*Histoire généalogique* de M. de Courcelles (Paris, 1823. — In-4').

Le premier, dans le Tome II, à la page 333, renferme ce passage :

« VI. Pierre-Paul-Bernard de La Lande, baron de Magesq et d'Olce, seigneur de Golard et du Poz, en S. Martin de Hinx, marié le 17 novembre 1726 à Marie Van-Duffel, fille de noble *Nicolas* Van-Duffel et de Catherine de Rol. — De ce mariage :

A. Claude-Thérèse ;

B. *Marie-Anne,* mariée à **M. Louis de Casamajor** d'Orion ;

C. Jeanne-Louise ;

D. Marie-Rose ;

E. Marie-Thérèse ;

F. Jeanne-Claude ;

G. Thérèse-Angélique ;

H. Bernard-Augustin, mort aux chevau-légers, 1757 ;

I. Jean-Nicolas qui suit ; J. Marie-Thérèse-Josèphe. »

(Testaments du 8 mai 1746 et du 20 mai 1752).

17. — Il écrit ensuite (T. II, p. 437) : — « 1117. *Bergerac. Pierre* **Cazimajou**, marchand au bourg de Bouguiagus : — D'azur à deux fasces d'argent. »

18. — Et à la page 438 : « — 119. *Pierre* **de Casemajour,** conseiller du roy, *juge au sénéchal de Sauveterre :* — D'or à un heaume de sable.

136. *Marie de* **Casemajour,** femme de Jacques Dandoins de Labat d'Estos : — Losangé d'argent et d'azur à un pal de vair.

124. *Charles* **Casemajour,** abbé d'Orion : — D'or à un heaume de sable. »

19. — Le même auteur ajoute, au tome III : « DE CAPTAN (p. 179 et 180). — Ecartelé : au 1 d'azur *au chevron d'or* accompagné de cinq besans mal ordonnés du même, posés deux en chef et trois en pointe ; au 2 de gueules au cygne d'argent ; au 3 de gueules à trois fasces ondées d'argent; au 4 d'azur *à trois étoiles,* mal ordonnées d'or, un et deux. » Ce blason, par le chevron d'or et les trois étoiles, ne rappelle-t-il pas tout à fait celui de la famille de Casamajor, avec laquelle une alliance avait eu lieu ?

Il écrit, aux pages 207 et 208 : « 12 juin 1446. *Caupenne.* — Engagement et aliénation de la disme de Tresvilles au pays de Soule... Le revenu de cette pré-bende... avait été transporté sur la maison **de Casamajor de Tresville** (Troisville et Treville. — Arch. de Saint-Pée.)

20. — De son côté, d'Hozier mentionne certains Parents de la famille *Jean* **de Casamajor.**

Dans le tome I, p. 199, il mentionne :

De Selve (Jean-Pierre), lieutenant au régiment de Picardie dès 1667... ; lieutenant-colonel du même régiment, en novembre 1698. Il fut reçu *chevalier de l'ordre, le 3 mars 1700...* et mourut à Saint-Venant le 27 mars 1726.

P. 184 : *De Tourville,* lieutenant colonel du régiment d'Anjou. Il fut *reçu chevalier le 3 mars 1700.*

P. 169 : *D'Orgemont...* reçu chevalier en 1695, il fut tué à la bataille de Ramillies, en 1706.

21. — Il cite encore, dans le tome II :

P. 109 : *De Constantin,* capitaine de grenadiers au régiment du Piémont. Il fut reçu chevalier en 1715 et fut tué au siège de Tournay en 1765.

P. 121 : *De Sampson* de Payant (Louis)... capitaine au régiment de Damas (depuis Valouze) en juin 1707, il fut reçu chevalier en 1715 et mourut en 1730.

22. — Enfin, M. de Courcelles, en son histoire généalogique, a écrit le passage qui suit : « Honoré de Lur-Saluces (Tom V, p. 51, xviii), chevalier, seigneur comte d'Uza, vicomte d'Aureilhan, baron de Fargues et de Malevegin, seigneur d'Yviers ; de Coyron etc., en Saintonge, chevalier de l'Ordre du Roi, gouverneur pour S. M. du château neuf de la ville de Bayonne, naquit le 13 février 1594. Il obtint, le 25 avril 1620, une sentence dans laquelle il est énoncé fils de Jean de Lur. Le 17 septembre 1621, il fit dresser un procès-verbal des limites des quartiers de la Bézian et d'Enthomas, dans la paroisse de Vignac, dépendants de la terre d'Uza, par le procureur juridictionnel de cette vicomté, assisté de *François* **de Cazemayour**, maître d'hôtel du même seigneur. Celui-ci mourut en 1651. Il avait épousé : 1° le 11 décembre 1600, étant âgé de 6 ans, Françoise de la Tour d'Eviez, âgée de 9 ans, fille unique et héritière de François de la Tour, seigneur d'Eviez et d'Eléonore de Montaigne ; 2° par contrat du 17 septembre 1641, Isabelle ou Elisabeth de Sainte-Maure, fille (et assistée) de haut et puissant seigneur Gui de Sainte-Maure-Montausier, chevalier, seigneur de Fougeray, d'Oriolles, de la Graulière, etc., gouverneur de Dourlens et colonel de deux régiments de cavalerie et d'infanterie — et de Louise de Jussac d'Ambleville... *Honoré* eut pour enfants : — Du Ier lit : *Charles de Lur-Saluces,* vicomte d'Aureilhan, dans les *Landes,* tué **devant Salses,** forteresse contiguë à celle de **Salvaterra** (ou Opoul), **en Roussillon,** l'an 1636, combattant vaillamment à la tête du régiment qu'il commandait pour le roi (1). Il n'eut point d'enfant d'Isabeau de la Lane, sa femme, fille de N. de la Lane, président à mortier au parlement de Bordeaux (2), morte en 1639... *Du second lit,* etc. »

23. — C'est le moment de rappeler que la famille Casamajor, d'ancienne noblesse, remonte *à Casamajor,* **marquis** *d'Oneix,* en Languedoc.

Le *marquis* **Arnaud de Casamajor** était seigneur de Biis, jurat de Sauveterre en 1495 ; il portait d'azur à un chevron d'or, accompagné en pointe d'une flèche d'argent posée en pal toute d'argent, au chef de gueules chargé de trois étoiles d'argent.

Sa terre d'Oneix fut érigée, en 1775, en baronnie ; *puis, en 1787, en* **marquisat,** *en faveur de* Joseph de Casamajor (3).

Mais, un membre de la famille *Arnaud de Casamajor,* originaire de Sauveterre dans le Béarn, forma un autre Sauveterre, pour quelque temps, dans le Roussillon.

(1) Ainsi, Honoré de Lur-Saluces, né dans les Basses-Pyrénées, vint mourir dans le Roussillon.

(2) Il est facile de constater ici le rapprochement familial, des bords de l'Atlantique à ceux de la Méditerranée.

(3) Frère du marquis *Etienne de Casamajor* qui, après 1789, émigra en Espagne. Etienne est l'aïeul et Joseph l'arrière-grand-oncle de l'abbé de Casamajor, de ses frère et sœurs, dont nous parlons au n° **40.**

Ce Joseph, vers 1770, fut l'objet d'une ordonnance mentionnée par les *Archives* (S. C. 1765) ; elle « déclare exempt des charges municipales **Joseph Casamajor,** ancien capitaine des milices » ; — contient « une réclamation au sujet des octrois faite par les condécimateurs, *nobles et privilégiés,* Sampso, prêtre ; le duc de Medina Celi, vicomte d'Ille,... Costa,... **de Casamajor...** »

D'une part, en effet, les *Archives* des Pyrénées-Orientales, série B, page 81, portent la mention de la confirmation faite, par Pierre III d'Aragon, « des privilèges d'*Opol* ou **Salvaterra.** »

D'autre part, au numéro 138 de la même série B, on cite une « une charte du roi Jacques Ier d'Aragon concernant la construction d'une forteresse sur le Puig **nouvellement appelé de** SALVATERRA et anciennement *Caslart d'Oped,* et les privilèges d'Opid (Opol) et de Perellons » (page 80).

En outre, à la page 193 (B. 270), on mentionne une «... concession de privilèges, franchises et concession des coutumes de Perpignan, accordés aux habitants d'Opol, de Perellos et autres lieux, qui viendront s'établir dans la forteresse bâtie par le même roi (Jacques Ier d'Aragon) sur le Puig anciennement appelé *Caslar de Oped* et, **depuis,** SALVATERRA ; confirmé par l'infant Jacques. »

Or, cette nouvelle dénomination de **Sauveterre** (*Salvaterra*) fut remplacée par l'ancien nom d'Opoul, quand les de Casamajor quittèrent Opoul pour s'installer à Ille-sur-Tet.

2º FAITS ACCOMPLIS APRÈS 1789.

24. — Après avoir mentionné les différents faits généalogiques et antérieurs à la Révolution française, nous allons citer les faits qui se sont accomplis sous la période même de la Révolution.

M. de Courcelles, dans son Dictionnaire universel de la Noblesse de France (T. II, pp. 86 et 87), cite « la Liste des Gentilshommes du diocèse de Narbonne qui, en 1789, ont signé le mémoire sur le droit qu'a la noblesse de nommer ses députés aux Etats-Généraux, dans

les assemblées convoquées par bailliages et séné-
chaussées. » Il nomme MM. « ... Le Vicomte de Chefdebien d'Armissan, — L. Gros d'Homps..., De Saint-
Jean, baron de Bouisse..., de Casteras..., le marquis
d'Oms,... **De Casamajor** ; d'Uston de Villeréglan...,
le chevalier de Chefdebien... »

25. — Mais, dans la nuit du 4 août 1789, les
députés des trois ordres firent table rase des titres et
privilèges ; ces mesures furent complétées par la loi des
19-23 juin 1792, qui proscrivit définitivement les
titres, les qualifications les armoiries et les livrées.

Cependant, les armoiries reparurent sous l'Empire,
à côté des armoiries nouvelles créées pour les compa-
gnons d'armes de Napoléon Ier.

Sous la Restauration, la noblesse française, quoique
dépouillée légalement de ses privilèges, reprit partout
ses noms, ses titres et ses armes. La révolution de 1848,
par un nouveau décret, abolit les titres nobiliaires ;
mais, comme le décret était muet sur la question des
armoiries, on les laissa figurer partout où elles se
trouvaient.

C'est après le 4 août 1789, que plusieurs familles
crurent très prudent de se mettre en sécurité — pour
avoir, dans l'exil, le calme et la paix que la Patrie elle-
même ne leur donnait point, — et pour échapper à la
mort sanglante de l'échafaud.

26. — *Étienne de* **Casamajor** et son frère Joseph,
croyant l'heure venue de quitter Ille pour se rendre en
Espagne, prirent naturellement certaines précautions
imposées par les circonstances ; mais, ils eurent l'im-
prudence de laisser, en leur domicile, les papiers de
famille si importants... Etienne les crut en sûreté dans
sa maison de la rue de **Santa-Creu.**

Emporteraient-ils leurs maisons et leurs champs ?
Il ne fallait pas y penser !

Emporteraient-ils même les avances pécuniaires ? —
Certes, ils partiraient avec une somme importante,
absolument nécessaire pour couvrir les frais d'une installation à Barcelone et les dépenses à faire chaque
jour : mais ils ne pourraient prendre ni tout l'or, ni
toutes les pièces d'argent... Que faire ? — Etienne
creusa une fosse près du *four* de sa demeure, y plaça
la principale partie de ses finances et les couvrit de terre ;
puis, on refit le pavé.

Le jour de son départ arrivé, il appelle N... (1),
l'homme de confiance qu'il s'était choisi, et lui tient ce
langage : « N..., je sais — et crois bien ne pas me trom-
per, — que tu ne me refuseras pas de me rendre service.

— Si je le puis, seigneur, vous pouvez bien comp-
ter sur mes services.

— J'ai, en effet, toute confiance en toi. Or, demain,
je vais partir... Quand pourrai-je revenir ?.. Reviendrai-
je même ?... Je l'ignore. Mais, si je ne reviens pas, si
je meurs en Espagne, je ne veux pas que les miens soient
dans la souffrance. Alors, tu viendras ici, dire à mes
enfants que j'ai caché mon argent, là..., près du four...,
et ils pourront ainsi le reprendre et l'utiliser.

— *Si Senyor !* Oui, monsieur ; comptez sur mon
dévouement... Je ferai ce que vous me recommandez. »

Quand Etienne se fut éloigné, une pensée, une
grave tentation traversa l'esprit de N... : Mais pourquoi donc attendrais-je ?...

N... laissa s'écouler quelque temps ; puis, ayant ap-
pris la mort d'*Etienne,* la tentation devint plus grande.

(1) Nous ne le nommons pas pour ne froisser personne ; car les descendants de cet homme se trouvent encore à Ille, à l'heure actuelle.

Un jour, il alla creuser *près du four,* s'empara de l'argent qu'*Etienne* y avait caché ; puis, au lieu de le remettre aux enfants **de Casamajor,** il s'en servit lui-même..., fit construire une belle maison ; il put faire élever ses propres enfants, *très innocents* de la faute commise par leur père et dont l'un est même devenu un prêtre excellent.

Cependant, la famille **de Casamajor** n'a point recouvré les sommes qui lui avaient été dérobées. — Elle en a souffert et en souffre encore... ! Et elle n'a point retrouvé les papiers qui la concernaient... !

Il serait bien long de faire un tableau généalogique correspondant aux diverses branches qui proviennent des Enfants du marquis *Arnaud de* **Casamajor,** jurat de Sauveterre.

Elles expliquent très bien la présence de la famille *de Casamajor* à Pau, à Orthez, à Soule et à Foix ; à Bordeaux, à Toulouse, à Narbonne et à Ille-sur-Tet.

Elles expliquent aussi ses nombreuses alliances avec les de Bertrand, les de Tresville et de Trouville, les Charritte, etc.

Cependant, comment pourrions-nous ne pas observer les deux caractères qui sont analogues dans chacune d'elles et en démontrent la même origine : 1° le même nom de famille, *de Casamajor,* malgré les différences orthographiques ; 2° généralement, les mêmes prénoms, surtout l'emploi de Joseph, de *Jean* et de **Louis ?**

A cet égard, nous croyons intéressant de citer le texte, suppliant, curieux, éloquent, à ce point de vue si remarquable, signé par le Baron de Breteuil, le 22 septembre 1787 :

Nouveau d'Hozier, 83.

DE CASAMAJOR

Guienne.

Du 22 septembre 1787

Copié sur l'original en parchemin.

Sur la requête présentée au Roi étant en son conseil, par les sieurs *Jean de Casamajor,* écuyer, seigneur de Gestas, au pays de Soule, brigadier des armées du Roi, chevalier de l'Ordre royal et militaire de Saint-Louis, premier jurat gentilhomme de la ville de Bordeaux ;

Joseph de Casamajor de Gestas, Ecuyer, capitaine d'infanterie dans les Milices du pays de Soule;

Frères, *François Casamajor,* marquis de Charitte, président du Parlement de Navarre ;.... (1) *de Casamajor* de Charitte, chef d'escadre des armées navales, et... (1) *Casamajor*-Charitte lieutenant-colonel du régiment du Roi Infanterie et brigadier des armées de Sa Majesté, contenant que le sieur **Joseph de Casamajor,** l'un des suppliants destinant un de ses fils au service de Sa Majesté, il s'est présenté au généalogiste des Ordres du Roi, pour avoir son certificat de noblesse, mais qu'il s'est refusé à le lui délivrer sous prétexte que les suppliants ne rapportent point de jugement de maintenue dans leur noblesse ; en sorte que les suppliants sont obligés de recourir à l'autorité de Sa Majesté pour obtenir un arrêt de son conseil qui les maintienne dans leur noblesse. Les suppliants pourraient faire remonter leur filiation à Peyroutou de Charitte qui vivait en 1540 qu'il fit l'acquisition de la gentillesse et seigneurie de Gestas; mais ils se borneront à remonter à GUICHE-ARNAUD DE CASAMAJOR LEUR QUATRIÈME AYEUL, seigneur de Casamajor de Rivehaute, de Gestas en Soule, de Jasses et de Magaston en Béarn, lequel vivait en 1560 et 1580. Ils rapportent sur ce degré *huit titres originaux.* Le premier est une lettre du sieur baron d'Arros sénéchal et Lieutenant général Gouverneur en Béarn, adressée à M. de Gestas Guiche·*Arnaud de Casamajor,* par laquelle il l'invite à se rendre à l'Assemblée des Etats Généraux du dit pays pour y délibérer sur le bien du service du Roi et le repos du dit pays en datte du 15 novembre 1574, signé d'Arros.

Le 2° est aussi une lettre du Roi Henry II, Roi de Navarre (depuis le Roi Henry IV) (2), à son cher et bien amé Guiche-Arnaud seigneur de Gestas, pour le convier à l'Assemblée des Etats de son pays souverain de Béarn, pour y délibérer sur les

(1) Les noms de baptème sont aussi en blanc à l'ORIGINAL.
(2) Cette parenthèse est dans l'ORIGINAL.

affaires du pays, en datte de Pau, le 6 février 1585, signé Henry, et plus bas de Saint-Pie ; et la suscription est à notre cher et bien amé le seigneur de Casamajor de Rivehaute.

Le 3ᵉ est l'énoncé de plusieurs actes d'acquisition de plusieurs biens au lieu de Campagne par Noble *Guiche-Arnaud* de **Casamajor** seigneur de Jasses, des années 1581, 1583 et 1589, mentionnés dans la quittance qui lui fut consentie en 1592 et dans laquelle il est qualifié Noble et Seigneur de Jasses.

Le 4ᵉ est une obligation de la somme de 600 liv. consentie par Raymond Seigneur de Muthié en faveur du dit Noble *Guiche-Arnaud de Casamajor*, Seigneur de Jasses, du 22 aoust 1595.

Le 5ᵉ est une lettre de convocation aux Etats généraux de Béarn par le Seigneur de Caumont, Lieutenant général et Gouverneur du Pays pour le Roi de Navarre, en datte de Pau le 7 de mars 1598, et dont la suscription est à M. de Casamajor de Rivehaute.

Le 6ᵉ est l'acquisition de la dixme et droit de Patronage du lieu de Nabas, du 27 septembre 1599.

Le 7ᵒ est une donation faite par le dit Noble *Guiche-Arnaud de Casamajor*, à Noble Jean de Casamajor capitaine, son fils aîné et de Demoiselle Hélène de Marsolan sa première femme, de la maison noble de Casamajor assise au lieu de Rivehaute, celle de Belloc, et des Terres et Seigneuries de Gestas et Visquey, etc., du 25 mai 1606.

Le 8ᵉ enfin est le contrat de mariage de Jean son fils et d'Hélène de Marsolan sa première femme, dans lequel il paraît en qualité de père du futur époux.

Dans tous ces actes il prit la qualification de Noble qui est caractéristique de Noblesse au pays de Béarn où il demeurait. Il eut plusieurs enfants de ses deux femmes Demoiselle Hélène de Marsolan et Françoise de Bonefont, entre autres le dit *Jean* son fils aîné du premier mariage, qui a continué la postérité des Seigneurs *de Casamajor*, de Rivehaute, de Gestas, etc. Outre son contrat de mariage dont on vient de parler avec Dˡˡᵉ Jeanne de Meritein fille du Seigneur de Nabas, de Mongaston et de Visquey, et de défunte Dame Isabelle d'Amou du 18 juillet 1609, qui est un titre commun au père et au fils, ils produisent sur son degré un acte d'acquisition du droit de rachat d'un bien fonds de Louis de Larribau, fils de feu Noble Jean de Larribau, des 4 février 1612 et 4 janvier 1613.

Un acte d'obligation en sa faveur comme fils et héritier de feu *Noble Guiche-***Arnaud DE Casamajor**, d'une somme consentie par Raymond de Ruthié, du 17 mai 1613.

Ainsi sur ce Degré les suppliants rapportent quatre titres originaux dans lesquels le sujet qui le compose est également qualifié
de Noble.

Sur le degré de Pierre de Casamajor fils du précédent, *ayeul
des suppliants*, ils rapportent également *quatre titres originaux*.

Le premier du 21 mars 1638 est son contrat de mariage avec
Demoiselle Jeanne de Rospide.

Les 2ª et 3ª sont deux transactions passées entre lui et Noble
Jean de Casamajor Seigneur de Jasses et autres ses tuteurs, des
23 avril 1637 et 5 janvier 1647.

Le 4ª est un hommage rendu au Roi devant la chambre des
Comptes de Navarre pour la maison Noble *de Casamajor* de
Rivehaute, du 26 mars 1667 ; et dans tous ces actes il prit la qualification de Noble et d'Ecuyer. On voit même qu'il servait et
qu'il fut pourvu d'une commission de capitaine de canton et ville
de Sauveterre en Béarn le 24 aoust 1651. Il eut pour fils *Jacques
de Casamajor* Seigneur de Casamajor et de Gestas : c'est *l'ayeul
des suppliants* qui produisent sur ce degré *huit titres originaux*
**qui donnent à ce sujet les qualifications de Noble et
d'Ecuyer.....**

Ouï le rapport, le Roi étant en son Conseil a maintenu et
gardé, maintient et garde les dits Seigneurs *Jean* et **Joseph
DE CASAMAJOR** de Gestas, *François* **DE CASAMAJOR** marquis de
Charitte et les Seigneurs **DE CASAMAJOR** de Charitte ses frères,
dans leur ancienne noblesse d'extraction ; *ordonne en conséquence
Sa Majesté qu'ils continueront de jouir des honneurs, privilèges,
immunités, prééminences et exemptions qui y sont attachés, ainsi
que leurs enfants, postérité et descendants, nés et à naître en légitime mariage, tant qu'ils vivront noblement et ne feront acte de
dérogeance ;* fait Sa Majesté défense à toutes personnes de les y
troubler : *ordonne que leurs noms, si fait n'a été, seront inscrits
dans le Catalogue des Nobles de la Province, et que sur le présent
arrêté toutes Lettres nécessaires seront expédiées.* Fait au
Conseil d'Etat du Roi, Sa Majesté y étant, tenu à Versailles le
vingt-deux septembre mil sept cent quatre-vingt-sept.

(Signé) Le Bᵒⁿ DE BRETEUIL.

D'autre part, voici une pièce choisie parmi plusieurs
autres et délivrée en 1843 par *M. de Lacour,* chevalier
de Saint-Louis, maire de la ville d'Ille, qui certifie la
possession dans cette ville de plusieurs immeubles par
le comte *Joseph* **de Casamajor,** le frère d'Etienne,

Ville d'Ille ....
130 de la matrice cadastrale dressée à Ille
vers 1791 on voit figurer sous le nom de
Casamajor Joseph cit. fran. domicilié
à Ille; y demeurant, les propriétés
ci-après.

Noms professions et demeures des propriétaires	Nature et Contenance de chaque propriété	ares	centiares	1/2 centiares	lettre indicative de la section	numéro de chaque propriété	Évaluation du revenu de chaque propriété			Total des évaluations		
Art. 130	un gravier	18	,	–	a	26	1	7				
	un champ	1	1									
Casamajor Joseph cit. fran. Domicilié à Ille y demeurant	à la même pièce pré		3		}	53	74	"	9			
	gravier		2									
	un champs	1	,	"		396	40	"	"			
	un olivet	2	1	"		476	60	"	"			
	une maison					704	45	"	"			
	autre maison											
	2 sols de contat				}	705	22	12	,			
	attenant 32 cans carrés				B							
	un champ	4	3			41	225	,	,	593	6	"
	autre	1	1	"		84	75	"	,			
	autre	1	,	"	F	141	45	"	"			
	Eirn	1	2			28	+	2	3			
	autre	3				34	+	4	6			
	une vigne	1	1			148	4	6	6			
	Eirn	4			F	264		16	"			
	Eirn	4				247		3	"			
	autre	4				383		3	.			

En foi de quoi nous avons délivré le présent
Ille le 1er juillet 1843.
D. Lunis

On remarquera certainement que M. DE LACOUR n'oublie pas, en 1843, de désigner sa qualité de *chevalier de Saint-Louis ;* mais, il doit officiellement, comme maire, employer « une formule imposée, *vers l'an 1791* », contre la noblesse.

On remarquera de même que l'acte précédent, tiré des manuscrits conservés à la Bibliothèque nationale de Paris, et ce dernier, se rapportent l'un et l'autre à *Joseph* **de Casamajor** qui était comte comme venant après son aîné, mais qui obtint, en se mariant, le titre de *marquis*. (Voir les nᵒˢ **23** et **26** 1ʳᵉ Partie).

27. — Car, *Etienne de* **Casamajor**, à Ille-sur-Tet, était marié à *Françoise* **Companyo** de Céret.

De ce mariage étaient nés, à Ille-sur-Tet (Roussillon) :

LOUIS, *Eugénie,* JOSEPH, *Anastasie, Anne* et *Marie-Thérèse*.

Le jugement 287 du 4 prairial an IV, sur le partage de la succession de feu *Etienne Cazemajor,* dit que ce partage doit être fait entre ses enfants dont deux

« LOUIS et *Eugénie,* n'ont pas quitté le territoire français, et quatre, savoir : JOSEPH (1), Anastasie, Anne et Marie-Thérèse, ont été inscrits sur la liste des émigrés. »

---

(1) Ce Joseph est le *grand-oncle* de l'abbé Louis de Casamajor, de ses frère et sœurs dont il sera parlé au nᵒ **40**.

Vu la petition de Marie, Joseph, Eugénie et Louis Casemajor, les pièces y jointes, le Jugement arbitral du 4 germinal an 11, le commissaire du Directoire exécutif

Entendu.

Considérant qu'il s'agit principalement de procéder au partage de la Succession de feu Etienne Casemajor

que le partage doit être fait entre six enfants, dont deux, Louis et Eugénie, n'ont point quitté le territoire français et quatre savoir: Joseph, anastasie, anne et marie thérèse inscrits sur la liste des émigrés

que pour procéder au partage de cette succession et adjuger à la république les biens qui lui compettent, il est préalablement nécessaire de distraire de la masse des biens les droits légitimaires appartenants à marie et Joseph Casemajor frère du défunt Etienne Casemajor, et que cette distraction doit être faite en nature d'après la loi du 3 Vendémiaire an 11.

que ces droits légitimaires ont été liquidés par le arbitres dans le jugement du 14 germinal dernier

....

arrête que l'acte de vente en sera passé au soumissionnaire de la portion indivise pour la somme de Dix neuf mille huit Cent quarante cinq francs. Autorise les dits marie, Joseph, Eugénie et Louis Casemajor à se mettre en possession des restants biens leve le séquestre apposé sur ceux. Arrête en outre que le présent et pièces y jointes

Seront déposés au bureau des Domaines de ce Département, qu'un Extrait en sera délivré aux pétitionnaires qui le feront transcrire sur les registres de l'administration municipale à Pile.

Se signant le Vingt six Vendémiaire an cinq de la République — Les membres composant l'administration départementale, Signés f. arugé et S. Tarbé etréteria

Pour copie conforme à l'original déposé au bureau des Domaines de la préfecture des pyrénées occidentales. Le Secrétaire Général et commis interim de préfecture. Lanes Signé à l'original

De plus,

Louis DE **CASAMAJOR** fut marié avec Ursule de Selva; et de ce mariage naquirent, à Ille-sur-Tet :

JEAN, **JOSEPH** (1), **Louis,** Elisabeth, Françoise et Marie. Sur chacun d'eux, nous dirons quelques mots tout à l'heure.

28. — Arrêtons-nous quelques instants pour consulter le *procès-verbal* des assemblées particulières de l'Ordre de la noblesse, procès-verbal qui se trouve aux Archives nationales (Bᵃ 67 et Bᵤ carton 48) et le catalogue des Gentilshommes du Roussillon, par Louis de La Roque et Edouard de Barthélemy (Chez E. Dentu, Paris, 1863).

De part et d'autre, nous trouvons des indications semblables ; **Archives :** Comtés du Roussillon, Conflent et Cerdagne :

Page 5 : De Lafferrière, ancien major de Languedoc ; De Guardia, — Ignace de Boiso ;

Page 14 : Le Chevalier de Selva ; — L. Michel de Costa-Serradell ; — J. de Selva ; — A. De Selva, Antoine de Barescut-Duvernet, etc.

Voici maintenant les noms qui concernent l'abbé Louis-Clément-Jean, son frère, ses sœurs ; ils sont contenus dans le *Catalogue des Gentilshommes du Roussillon :*

Sont cités comme faisant partie de l'ordre de la noblesse :

Page 8 : Antoine de Sampso (le cousin germain de son père) ;

Page 9 : Louis-Michel de Costa-Serradell (cousin second de leur père) ;

Augustin de Selva (beau-frère de leur grand-père) ;

Joseph de Selva (oncle de leur père) ;

---

(1) C'est l'oncle de l'abbé Louis de Casamajor, de son frère Nestor et de ses sœurs Delphine et Ursule.

De Guanter-Barescut (cousin second de leur père) ;

Antoine de Barescut-Duvernet (id.) ;

Page 10 : François de Barescut-Dulçat (id.);

La comparaison de ces listes montre une grande similitude, frappe par l'absence complète du nom de Casamajor. La raison toutefois est facile à donner : *certains membres étaient en exil,* et ceux qui étaient restés en France craignaient de se montrer pour trois motifs : 1o ils ne voulaient pas désapprouver ceux qui, par nécessité, s'étaient rendus en Espagne ; 2° ils n'ignoraient ni la décision prise par les députés durant la nuit du 4 août 1789 (n° 25), ni la loi des 19-23 juin 1792 (n° 10); 3° ils étaient jeunes encore.

29. — Mais, le 19 juin 1813, des Lettres-patentes furent accordées par Napoléon à *Joseph* **de Casamajor** d'Oneix, portant en sa faveur, la collation du titre de baron de l'Empire, avec établissement de majorat volontaire de ce titre sur les biens suivants : la terre d'Oneix, sise commune d'Abitein, arrondissement d'Orthez, composée de maison, cour, grange, écurie, colombier, terrain, terres labourables... ; la terre de Bideren ; la terre d'Eslazan, dépendante de la commune de Lescar dans l'arrondissement de Pau ; les champs de Sens et d'Escader, *tous lesquels biens sont situés dans les Basses-Pyrénées* et produisent 6.010 francs de revenu annuel.

On lui attribua les armes suivantes :

Coupé : au 1er degré d'azur à un lion rampant et contourné d'or ; au 2e, d'argent au chevron de gueules, accompagné de 3 roses, du même 2 et 1 ; au franc quartier des barons propriétaires (de gueules à l'épi de blé d'argent).

Joseph **de Casamajor** a laissé un fils qui est mort sans postérité; il avait deux filles qui se sont mariées.

D'ailleurs, une loi fut proposée pour la restitution des biens des émigrés. « La loi qui révoquerait l'effet rétroactif de la loi du 14 novembre 1792, réparerait une grande injustice en même temps qu'elle concourrait puissamment au rétablissement des institutions monarchiques : elle est digne de marquer les commencements d'un règne que les vertus et la haute prudence du Roi annoncent à la France comme devant être le règne de la justice et de la sagesse ». (*De la restitution des biens des émigrés,* par II. Dard, Paris, 1814, p. 104).

A cette juste restitution, participèrent les membres de la famille de Casamajor présents à Ille-sur-Tet ; et l'art. Q. 583 des Archives départementales conservées à la préfecture de Perpignan, renferme un certain nombre de documents concernant cette famille. (Voir une photographie de la pièce 287 au n° **27**.)

30. — C'est à cette époque précisément qu'eut lieu un mariage cité par le baron de Cauna, dans son Armorial des Landes. A la page 180, se trouve le passage suivant : « Du 14 janvier 1822. Mariage entre Messire J. B. de Borda, propriétaire, domicilié à Labatut et demoiselle Françoise-Josèphe-Tatia de Captan, propriété domiciliée à Saint-Sever.

« Louis, par la grâce de Dieu roi de France et de Navarre, à tous ceux qui ces présentes verront, salut ; faisons savoir que par devant Me Luc Lafaurie, notaire royal résidant à Saint-Sever, 2e arrondissement des Landes, ont comparu Messire J.-B. de Borda... assisté de *Messire - Louis - Honoré - François - Marie - Romain* Casamajor, vicomte de Charritte, chevalier de l'ordre royal et militaire de Saint-Louis, sous-préfet du second arrondissement des Landes, habitant à Saint-Sever...»

CHAPITRE III

CONSÉQUENCES

31. — Des six enfants du marquis *Etienne* **de Casamajor,** trois surtout doivent maintenant attirer notre attention : **Louis, Joseph et** *Anne.*

Avec son père et son oncle Joseph (ce dernier frère d'Etienne), **Joseph** partit pour l'Espagne avec trois de ses sœurs et ne rentra qu'au moment où l'Empire fut établi.

32. — *Anne* fut mariée à **Joseph Fors,** d'après une lettre datée du 8 janvier 1817 et y demeura. « Mon frère et moi, nous a écrit M. l'abbé Louis de Casamajor, nous eûmes la satisfaction, en 1875, de voir à Barcelone (— calle de Gracia —) Don J^h *Fors* DE CASAMAJOR dont nous remarquâmes la haute courtoisie ; sa joie fut grande quand il sut qu'il recevait des Parents français. Quoique habitué à parler tous les jours espagnol ou catalan, il se fit un vrai plaisir d'exprimer en français les sentiments de son cœur et regretta beaucoup de ne pouvoir, à cause de son âge bien avancé, nous accompagner lui-même pour voir les principaux monuments de la belle capitale de la Catalogne. Il se plut à nous demander, avec une réelle satisfaction, des nouvelles des nôtres et de la famille du Docteur Companyo, le savant naturaliste de Perpignan, et du distingué notaire de Céret... »

33. — Le *marquis* Louis (1), marié avec **Ursule de Selva**, eut six enfants, comme nous l'avons dit précédemment :

Jean († 1888), Joseph, Louis, Elisabeth, Françoise et Marie. De *Jean,* nous parlerons au n° **39.**

Joseph aimait les oiseaux ; en 1834, il monta sur un arbre et en tomba si malheureusement qu'il fut malade sept ans et enfin succomba, malgré les soins les plus dévoués, en 1841.

Le *comte Louis* († 1874) et la comtesse Elisabeth († 1879), établis dans une nouvelle maison d'Ille, ont donné l'exemple d'un grand courage dans les épreuves, celui d'une vertu que rien n'a jamais démenti, et celui d'une foi religieuse très vive, d'une admirable fidélité à leurs devoirs chrétiens.

La *comtesse Françoise* († 1882) alla se fixer à Perpignan et catholique vaillante, fille économe très discrète, fit héritier de sa fortune Nestor de Casamajor, à l'heure de sa mort.

La *comtesse Marie* († 1877) enfin devint une excellente religieuse de la **Sainte-Famille.** Elle appartint à la branche dite spécialement de *la Sainte-Famille* et fut nommée sœur Elisabeth ; et durant de très longues années elle servit les enfants du peuple perpignanais, dans la maison qui est située à côté de l'église Saint-Jacques, sous la direction de Mère Gabrielle.

34. — Comme leurs ancêtres, ils ont été fidèles à la devise de leurs armes :

FORTITUDINE ET VIRTUTE MAJORES (2).

Supérieurs par le courage militaire, ils l'ont encore

---

(1) Grand-père de l'abbé Louis de Casamajor.

(2) Ces paroles, empruntées à la 2ᵉ épître de saint Pierre (II, 11), peuvent se traduire, pour le blason : *Soyons supérieurs par la force et la vertu.*

été *par le dévouement civique :* plusieurs d'entre eux administrèrent la ville d'Ille-sur-Tet où ils remplirent les fonctions de *bayles* (1).

Ils ont encore été *supérieurs par la pratique de la vertu :*

Jamais ils ne refusèrent *leur obole pour les bonnes œuvres :* non contents d'assister les malheureux d'Ille, ils prêtaient au dehors le concours de leurs aumônes.

N'a-t-on pas, aux Archives départementales de Perpignan (G. 527), la « *Reconnaissance d'une rente constituée due à la communauté* de Saint-Jacques de Perpignan, par *François de* **Casamajor**, rente établie sur la maison d'Ille dite *Santa Creu ?* » (3 juillet 1719).

N'a-t-on pas fait, pour les bonnes œuvres, « la vente aux enchères des biens et meubles de *Michel de* **Casamajor**, vente qui fut opérée par le soin des exécuteurs testamentaires François de Riubanys et Emmanuel Morer, en 1724 ? » (G. 795 des Archives.) Et vers 1788, la série C (2096) des *Archives départementales* ne parle-t-elle pas, pour la **communauté de Via**, d'un « Etat des charges et des revenus de la communauté ? Les seules propriétés de la communauté, y est-il dit, sont un pré dit *la Closa* de trois journaux, et un champ dit **de Casamajor** d'un journal et demi de terre... »

N'a-t-on pas encore (Archives, G. 528) « la reconnaissance d'une rente constituée en faveur de la Communauté de Saint-Jacques (Perpignan), par Madeleine, femme de *Nicolas de* **Casamajor**, bayle d'Ille » (2 juin 1772) ?

Grâce à ces sentiments communs de bravoure et de vertu, ils ont conservé, quoique éloignés par la distance et par la frontière des Pyrénées, les relations

---

(1) C'est ainsi qu'on nommait autrefois les maires.

les plus cordiales et entre eux, et avec ceux qui étaient allés s'établir en Espagne.

Voici, par exemple, la lettre écrite en espagnol à Mme Louise Companyo au moment où devaient se résoudre des questions assez délicates de propriété :

« Barcelone, 14 janvier 1835.

« *A Mme Louise Companyo,*

Perpignan.

« Combien vous êtes sensible, ma chère ! Puisque si ce n'était pas vrai, vous n'auriez pas vous-même manifesté si vivement le malheureux état dans lequel se trouve mon bon oncle de Casamajor et sa famille et je saurais beaucoup moins encore le faire connaître à ceux qui ne peuvent voir réellement ce qui ce passe à Ille. Par la lecture de votre excellente lettre remise par le courrier, j'ai senti le poids de l'infortune qui pèse sur l'infortunée maison de Casamajor.

. . . .

« Mon épouse et les autres membres de la maison vous envoient les plus affectueuses expressions ; je vous renouvelle mes très affectueux sentiments et me dis votre assuré serviteur.

« Joseph Fors et de Casamajor.

« Les lettres que vous m'enverrez doivent être adressées comme il suit : Au Dr Don Joseph Fors de Casamajor, Avocat de l'illustre collège de Barcelone, à la maison du très excellent seigneur duc de Medinaceli, Barcelone. »

Barcelona 14 de Enero de 1835

A Dª Luisa Campanyó
Perpiñan.

Cuan sensible es V. querida Prima, porque à no
serlo, no sabria V. manifestar tan vivamente el infeliz estado
en que se halla mi buen tio Casamajor y su familia, y
no sabria mucho menos hacerlo conocer à los que no po-
demos ver con la vista natural lo que pasa en Ylla:
Yo por la lectura de la apreciada carta de V. de 30 del
corriente, me ha hecho cargo del infortunio que pesa
sobre la desgraciada Casa de Casamajor, que aunque
no hubiese despues sabido por Mr Genés.......................
....

Mi Esposa y demas
de mi Casa envian à V. las mas afectuosas
espresiones, mientras se renueva de V. su
afectisimo Primo y Seg.º Serv.º

José Fors y de Casamajor

Las cartas que V. se sirva dirigirme han de
llevar el sobre siguiente: Al Dr Dn José
Fors y de Casamajor, Abogado del Ilustre Colegio
de Barcelona. En Casa del Esmo Sor Duque
de Medinaceli. Barcelona.

Dans sa lettre, écrite en catalan le 30 janvier 1840, à la Dame Ursule de Casamajor et de Selva, Don J^h Fors de Casamajor rappelle combien il sera heureux de continuer la correspondance qu'on avait eue jusqu'à cette heure :

« Barcelone, le 30 janvier 1840.

« Estimée tante : Je ne puis comprendre le motif du silence que vous gardez envers moi depuis environ deux ans. Je ne sais si vous-même — ou votre famille —, êtes d'une manière habituelle en une maladie qui vous empêche de prendre la plume pour écrire à vos Parents d'Espagne ; ou bien, si une indifférence a pris place de ce que devrait l'affection la plus vraie et donner lieu à une bonne correspondance. Par conséquent, j'espère que vous aurez la bonté de m'écrire promptement parce que je ne serai plus ainsi dans l'incertitude où je me trouve.

. . . .

« J'espère que vous m'accorderez la faveur de me répondre avec la plus grande brièveté possible ; parce que jusqu'à ce que j'aie reçu de vos nouvelles, je serai toujours dans le doute sur la cause de votre silence. Dans ma maison, tous jouissent d'une parfaite santé ; mon épouse se trouve à la veille de sa délivrance ; tant moi que ma dite épouse et toute la famille, nous envoyons les expressions les plus tendres à vous, à tous vos fils, nos aimables cousins, désirant que la présente lettre vous trouve tous en très bonne santé, tandis que je demeure comme toujours votre affectueux et toujours serviteur et neveu.

« Joseph Fors de Casamajor ».

Barcelona 10 Janer, de 1840.

Estimada tia: no puch atinar lo motiu
del silenci que V... esta guardant ab mi per espay de
cerca dis anys. No se' si Vm., o la seva familia se trova
ab una continua malaltia, que los imposibilitia de
pendrer la pluma, à fi de escriurer als parents de
Espanya, ó be si una indiferencia ha succehit en
lo lloch que deuria estar lo mes verdader afecte y
bona correspondencia; perconseguent me prometo
de Vm que tindrá la bondat de escriurerme ab
tota promtitut, perque aixis sortiré de la incertitud
en que estich.

....

Espero de Vm. que me fara lo favor de contestarme
ab la major brevedat posible; perque fins à rebrer
noticias de Vm. sempre estaré suspiran sobre qual
será la causa del silenci de Vm.
En ma casa, tots estém ab perfecta salut, y la
meva Esposa se trova en vigilias de parir: y tan jo,
com dito ma Esposa y tota ma familia donem finas
expresions à Vm., y à tots los seus fills, nostres estimables
cusins, desitjant que la present trovia à tots V.ᵉ dis-
frutian bona salut, mentras queda de Vm. com sempre
son afectisim, atent y segur servidor y Nebot

Fr.ᵗᵒ Fors de Casamajor

Nous citerons encore la lettre que le même écrivit, sous l'impression de la vive douleur occasionnée par la mort de *Joseph* de **Casamajor** due à un malheureux accident :

« Barcelone, le 30 avril 1841.

« Madame Ursule de Casamajor et Selva.

« Estimée tante : je suis à un âge qui ne me permet pas de supporter des reproches et beaucoup moins s'ils sont injustes. La lettre qui m'annonce la mort de Joseph avait pour objet principal de m'accuser d'être la cause de cette perte, parce que je n'étais pas venu faire une visite à l'antique Maison de Casamajor. Comme, suivant que c'est public et manifeste, la cause de cette mort ne fut autre que celle qui le tenait malade depuis plusieurs années, je n'ai pas voulu répondre à la dite lettre . . . .

. . . .

« Parer, mon cousin, est bien persuadé de cette vérité et je ne puis croire qu'il contrarie ma volonté qui a toujours été, et qui est, que vous ne soyez pas inquiétée, ni mes cousins Casamajor, pour le dit champ, puisque je veux que vous le possédiez en tout repos et en toute tranquillité.

« Demeurez vous-même en bonne santé, ainsi que toute la famille et croyez que je suis toujours votre serviteur assuré et votre très affectueux neveu,

« Joseph FORS DE CASAMAJOR » (1).

(1) Ces trois lettres montrent bien, par la signature de *Don Joseph Fors* de **Casamajor**, que nos parents exilés en Espagne et leurs alliés n'ont tenu aucun compte, avec la plus grande raison, des divers décrets révolutionnaires pris contre la noblesse française.

Barcelona 30 Abril de 1841.

Mme Ursula Casamajor y Selva.

Estimada Tia: me trobo en una edat, que no me
permet sufrir reconvencions, y molt menos quant son injus-
tas. La carta ab que Vm me participaba la mort de
Ponet tenia per principal objecte ausarme de ser jo
la causa de semblant perdua, per no haber venut à
Vm la casa antigua de Casamajor, y com, segons es public
y notori, la causa de tal mort no fou altre que
aquella que lo tenia malalt de alguns anys à esta
part; per aixó no he volgut contestar à dita carta

Pater, mon cosi, esta ben persua-
dit de aquesta veritat, y no puch creurer que ell
contrarihi la meva voluntat, que sempre es
estat, y es, que no se molestia à Vm. y à mos
cosins Casamajor per lo referit camp, puig vull q'
Vms. lo possehesquian ab tota quietut y tranqui-
litat. Einjo Vm. bona al tota la familia y disposia
de est son segur servidor y afectisim Nebot

Estimaré, que per lo dit Jph Fors de Casamajor
dit negoci no passiotavant sos fills,
perque tots los dubtes que puguian
su ir, es molt facil resoldrerlos, encara que estiguien separats,
contrari me causaria Vm. molta incomoditat, de la qual
puch sostraurerme atesa la meva independent posició.

35. — Mesures prises par l'Etat. — La Révolution de 1848, par décret, a voulu abolir les titres nobiliaires ; mais le décret a gardé le silence sur la question des *armoiries :* on les laissa donc figurer partout où elles se trouvaient, et le second Empire fit des nobles et donna des blasons.

C'est dans les armoiries françaises qu'on rencontre le plus de pièces primitives, marques de la plus ancienne et de la meilleure noblesse ; aussi, l'azur (bleu) et l'or (jaune) dominent-ils dans le blason français.

En Espagne, les armoiries se composent des objets les plus disparates. Dans le même blason figurent souvent des croix, des étoiles, des animaux et des croissants. La cause de cette multiplication est la réunion des armoiries des seigneurs et celles des Fiefs nombreux dont ils étaient possesseurs.

36. — Le blason du marquis Etienne de Casamajor. — Quel était donc le blason, quelles étaient les armoiries, quelle était la devise d'Etienne de Casamajor ?

Choix. — *Le blason* était évidemment celui même de la famille, ou du marquis **Arnaud de Casamajor**, un peu modifié pour la distinction des familles.

Or, les principes rappelés précédemment, les faits énumérés, nous le montrent avec toute la certitude qu'on peut avoir.

Les principes. — Car, dans la famille Arnaud et tous ses descendants, nous trouvons :

a) Des gentilshommes *seigneurs* de terres, des *nobles* de provinces formant le *brachium militare* (n° 4) ;

b) La *ma major,* ou main supérieure formée des citoyens les plus riches n'exerçant aucun négoce, aucune industrie (n° 6) ;

c) Les *commandants* de la milice bourgeoise (n° **6**).

d) Les magnats, *las potestates,* ou les grands de la contrée (n° **7**);

e) Les bayles vivant noblement, mangeant du pain de froment, possédant plus qu'un cheval et jouissant d'une excellente situation (n° **8**);

f) Les Ecclésiastiques, d'ailleurs, qu'elle a donnés à l'Eglise ont pu conserver les armoiries de la famille (n° **10**);

g) Le *marquisat* enfin ne convenait-il pas à un Grand placé sur la frontière, aux Corbières, et du côté de l'Espagne par rapport à la France, et du côté de la France par rapport à l'Espagne, après le traité des Pyrénées (n°° **14** et **23**).

D'ailleurs, *la Vicomté* d'Ille-sur-Tet n'excluait ni les comtes ni les marquis. Les *Archives* des Pyrénées-Orientales (S. B. 388) citent, en effet, une « Lettre du roi et du capitaine général de Catalogne. — concernant... la procuration donnée par don Francisco de Montcada, MARQUIS d'Aytona, COMTE d'Osona et *vicomte* de Cabrera, de Bas et *d'Ille,* ambassadeur d'Espagne à la cour de l'Empereur, à Raphaël Joli, docteur en droit, de Perpignan, pour administrer la vicomté d'Ille ».

La série C. 1498 cite aussi l' « Intendance de Louis-Guillaume de Bon, chevalier, marquis de Saint-Hilaire, baron de Fourques, seigneur de Celleneuve, Saint-Quentin et autres lieux ».

Cette même série (1671) ne parle-t-elle pas « d'un baux à ferme — fait en 1668 — de l'auberge et de la *correteria* ou droit de mesurer le vin et l'huile, appartenant à don Guillaume Raymond de Moncada-y-Alagon-Spes-Castro-Cervellon-Luna-y-Rosaberti,

MARQUIS d'Aytona, **vicomte** d'Ille et *seigneur* de Bula-Tenanera » ?

Mais, les habitants d'une Ville importante — et par sa situation, — et par ses remparts, — autant que par ses jardins, ses fruits et le niveau intellectuel de sa population, ne devaient-ils pas avoir des privilèges spéciaux ? Nous ne saurions dès lors être surpris de trouver, dans la série B (n° 394), les lettres de Louis XIV « ordonnant (le 10 décembre 1643) de faire jouir les habitants d'Ille du contenu ès-lettres patentes du roi son père, « pour leur donner moyen de réparer l'église de la dite Ville et les murailles d'icelle Ville, qui ont esté dimi-nuées en divers endroits durant le siège que les enne-mis avoyent mis devant la dite place »... ; et mandant (de Fontainebleau, le 23 septembre 1646) à M. de Marca, d'exa-miner ce qu'il y a à faire *sur la demande des habitants d'Ille* « pour que cette Ville soit érigée en Ville royale, ou qu'au moins le Roi en retienne la justice et la sei-gneurie, en en donnant le domaine et les revenus qui en dépendent à don Joseph d'Ardena ».

A ces légitimes désirs, on fit droit et des lettres du comte d'Harcourt, lieutenant et capitaine général, aux consuls d'Ille (janvier 1647), leur défendent de payer aucune indemnité à des Délégués venus à Barcelone pour des affaires privées, et de loger des gens de guerre dans la maison de don Joseph d'Ardena, *comte d'Ille,* maréchal de camp des armées du Roi.

De même, la série B. (394) cite les « Donations et ordres de mise en possession de biens confisqués sur des sujets roussillonnais..., en faveur de Catalans réfugiés et d'officiers français et roussillonnais, savoir : les biens... de Gaspard Arnald-Bosch, mercader *d'Ille,* — à Raymond Cot, chirurgien *du régiment du comte*

d'Ille ;... de Joseph Jofreu, à Raphaël Puig, chirurgien ;
— de Jérôme Compta, mercader, à Augustin Llorens,
lieutenant d'une *compagnie du comte d'Ille* » (8 janvier 1654).

Les faits énumérés. — Ces faits montrent la
grande extension de la famille — et par l'*installation*
de ses membres en différentes contrées, — et par les
alliances nombreuses avec de grandes familles Françaises.

Installation. — Nous trouvons cette famille, à Sauveterre (n° 23) et dans le Roussillon (n° 27) ; — dans la
Guyenne, dans les Asturies (Espagne) et à la Guadeloupe
(n° 14) ; — au pays de Soule (n° 19) ; — en Picardie et en
Anjou, en Italie et à Damas (Syrie) (n° 20) ; — dans la terre
d'Uza (n° 22), etc.

Alliances — Elles ont eu lieu avec de grandes
familles françaises.

De Captan (n° 19) ; — De Tresville (n° 17) ;

De Selve, De Tourville, d'Orgemont, de Constantin, de Sampson (n° 21) ;

De Lur-Saluces, — de Sainte-Maure (n° 22) ,

De Chefdebien, — de Saint-Jean, — de Bouisse, —
de Casteras, — d'Oms, — d'Uston de Villeréglan (n° 24) ;

De Lafferrière, — De Guardia, — de Selva, — de
Costa, — de Barescut (n° 13) ;

De Sampso (n° 24), etc.

Aussi, le MARQUISAT fut-il attribué d'abord à *Arnaud
de* CASAMAJOR, à Sauveterre, en 1495 (n° 23) ; — et
accordé en 1787, à *Joseph* de CASAMAJOR, à Oneix,
(n° 23 encore).

Et voici les armoiries d'Arnaud :

**Ecartelé aux 1 et 4 d'azur au chevron d'or,
accompagné en pointe d'une flèche d'argent
posée en pal, au chef de gueules chargé de trois**

étoiles d'argent ; aux 2 et 3 d'azur au lion d'argent.

Couronne de la **branche d'Étienne,** descendant du marquis Arnaud de Casamajor.

Devise : Fortitudine et virtute majores ; — ce qui veut dire :

37. — *Interprétation.* — La famille du *marquis* **de Casamajor** vit avant tout — pour Dieu le Père, pour Dieu le Fils, et pour Dieu le Saint-Esprit, — dont elle attend une juste récompense. (Les trois étoiles).

D'après leur devise, les membres soutiendront la justice et la liberté par la vaillance la plus courageuse et la force la plus vive, ils pratiqueront spécialement les vertus chrétiennes et françaises : en dehors de la justice dont nous avons déjà parlé, ils auront la charité, le dévouement, l'esprit de sacrifice — afin d'aider le prochain et de servir l'Eglise (c'est là ce qu'indiquent le pal, — les lions et la devise.)

Par suite, que de fois les *de Casamajor* n'ont-ils pas montré leur zèle et leur ardeur à Ille, quand il a fallu, du haut des tours et des remparts (encore partiellement conservés aujourd'hui), la défendre contre les ennemis qui l'assiégeaient ?

38. — Un passage de l'histoire locale donne une idée suffisamment exacte des désordres publics du onzième siècle et auxquels on essaya de remédier par l'influence religieuse dans le Concile de Toulouges (1041).

« Voyez-vous l'Archevêque de Narbonne se diriger vers le bourg de *Villagodorum,* ou plutôt vers l'abbaye *d'El Correg* sur la Tet ?

« Le clergé de Catalogne et de Septimanie, *les nobles de ces deux provinces entre autres le comte de Roussillon et son fils ; Raymond, comte de Cerdagne ;... Gaubert, vicomte de Castelnau,* — se groupent autour du primat.

« Le bourg et l'abbaye n'ayant pas de salle assez vaste pour contenir cette réunion et la foule qui l'écoute, on dresse une chaire au milieu d'un pré de *Touloujes* et le concile s'ouvre sous la voûte azurée du ciel roussillonnais. Les troubles civils, les brigandages, les vengeances et les guerres particulières déchaînaient alors toute leur fureur... Que vont faire ces Evêques ? Ils vont décréter la trêve de Dieu : *treuga Domini,* ils étendront la main invisible du Très-Haut sur les faibles et menaceront les méchants de ses foudres ; ils développeront le droit d'asile, feront de toute chapelle la citadelle inviolable de l'opprimé.

« Leurs décrets défendent : 1º de commettre aucune violence dans les églises, cimetières, autres lieux sacrés; 2º d'attaquer les clercs non armés, les veuves, les religieux ; 3º de s'emparer du bétail utile à l'agriculture ; 4º de brûler les maisons des paysans... Après une première condamnation, tout chrétien devient *zélateur de la cause divine,* en donnant la mort à un *Récidif.* »

A Ille, les difficultés à vaincre étaient nombreuses. On devait assurer une égale répartition dans l'application des *droits d'arrosage* et veiller néanmoins au fonctionnement régulier des moulins ; il fallait défendre la ville quand elle était attaquée, réparer ensuite les pertes réalisées par les assiégés.

Aussi, le 23 juillet 1471, une « lettre du procureur royal chargeait (Arch. des Pyrénées-Orientales, S. B. 40) les préposés de *la orta* de Thuir de faire payer les dommages occasionnés au territoire d'Ille, au lieu dit Gimanell, par *En Monso,* propriétaire d'un moulin sur le ruisseau royal de Thuir, d'après l'estimation faite par les préposés de *la orta d'Ille* ». Et le 19 juillet 1519 (Archives citées, B. 422) est donné un « Ordre *au bailli d'Ille* d'enjoindre à G. Giner, prêtre, possédant un bénéfice royal et soumis à la juridiction du Domaine, de faire construire dix cannes et demie du mur de la dite Ville ainsi qu'il y est obligé ».

Ce passage montre comment la famille **de Casamajor** a pu justifier sa devise :

Fortitudine et virtute MAJORES.

Et le *marquis Louis* **de Casamajor,** dont nous avons parlé au n° **33**, n'avait-il pas une tendre et généreuse compassion pour les malheureux ? Citons un trait de sa bonté envers les pauvres. — Un jour, dans la rue dite *Santa Creu,* le *Seigneur Louis* rencontre une mère tenant un tout jeune enfant sur les bras ; elle demande l'aumône. Le marquis remet son obole.

La mère lui expose alors la détresse de ses autres enfants *à la casa* (maison). — Louis rentre en sa demeure ; il y trouve une panetière où la domestique a mis deux grands pains de bon froment et pesant chacun trois kilogrammes. Pendant que la domestique se rend au four pour y chercher le reste de la fournée, le grand et généreux Seigneur prend l'un des pains sous son habit dont il a soin de rejoindre les extrémités et sort :

4

il va remettre ce pain à la mère infortunée. Il rentre
ensuite à sa demeure. La *Senyora* Ursule, sa femme,
se plaint... il me manque un pain, dit-elle. — Eh bien !
dit le *marquis* en riant. — Mais, il va nous en man-
quer à la fin de la semaine ! — Eh bien ! on fera
demain une autre fournée !...

Comme faible compensation, le marquis Louis et
sa famille eurent une part du milliard accordé sous la
Restauration à l'ensemble des émigrés : Sur la propo-
sition du ministère Villèle en 1825, la Chambre vota
un milliard d'indemnité aux Emigrés dont les biens
avaient été vendus par la Révolution. On en trouve les
pièces aux Archives départementales de Perpignan.
(Q. 583 : liquidation des Emigrés.)

Voici, d'autre part, le tableau généalogique (en
abrégé) de la famille :

Marquis Arnaud de Casamajor

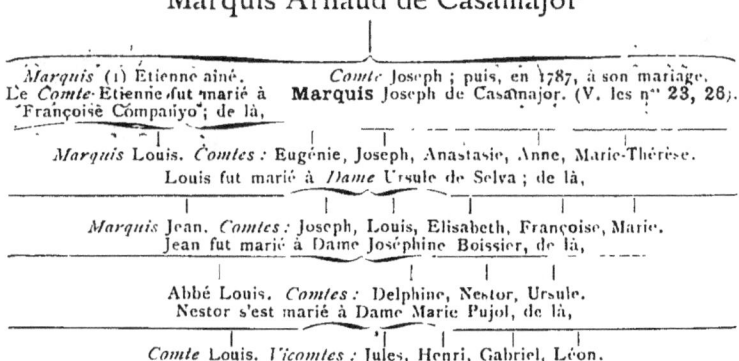

Marquis (1) Étienne aîné.
Le *Comte* Étienne fut marié à
Françoise Companyo ; de là,

Comte Joseph ; puis, en 1787, à son mariage,
Marquis Joseph de Casamajor. (V. les n⁰ 23, 26).

Marquis Louis. *Comtes :* Eugénie, Joseph, Anastasie, Anne, Marie-Thérèse.
Louis fut marié à *Dame* Ursule de Selva ; de là,

Marquis Jean. *Comtes :* Joseph, Louis, Elisabeth, Françoise, Marie.
Jean fut marié à Dame Joséphine Boissier, de là,

Abbé Louis. *Comtes :* Delphine, Nestor, Ursule.
Nestor s'est marié à Dame Marie Pujol, de là,

Comte Louis. *Vicomtes :* Jules, Henri, Gabriel, Léon.

Or, les *armes* du marquis *Etienne* **de Casamajor**
sont encore celles de *Louis* **de Casamajor**, son fils
aîné, — celles de *Jean* **de Casamajor**, fils aîné de ce
dernier, — celles, par suite, de l'abbé *Louis-Clément-
Jean* de Casamajor, fils aîné de Jean (n⁰ **2** et **11**).

(1) Voir la première note mise au bas de la page 15.

CHAPITRE IV

ETAT PRÉSENT DE CETTE FAMILLE

39. — Le *marquis* **Jean** DE **CASAMAJOR** (1), après une vie très active et des voyages nombreux ; après

Jean de Casamajor.

Dame Joséphine *(Boissier)* de Casamajor.

avoir consacré, quand son âge fut plus avancé, plusieurs années à l'agriculture qu'il avait toujours aimée, a très bien employé les derniers jours de son existence à prier pour l'Eglise et pour les siens.

(1) Souvent désigné à Ille-sur-Tet par le mot *comte* ; de préférence, le peuple dit encore *senyor*.

Il a rendu sa belle et grande âme à Dieu qui n'aura pas refusé de récompenser sa patience dans les épreuves et son admirable confiance dans la Providence toujours miséricordieuse.

Marié à Dame **Joséphine Boissier**, encore vivante et en très bonne santé, il a eu quatre enfants :

Louis, Delphine, Nestor et Ursule.

40. — *Lo senyor Lluis* (n° **2** et **11**) a fait ses premières études chez les Frères des Ecoles chrétiennes de Perpignan, où son ardeur au travail, sa conduite exemplaire, lui ont valu non seulement les premiers prix à la fin des deux années qu'il y a passées, mais encore le livret de la Caisse d'Epargne de cent francs, accordé au meilleur élève de l'établissement et qui a servi... pour les pauvres. Après de brillantes études faites à l'Institution Saint-Louis-de-Gonzague, il y est devenu professeur et a pu, vingt ans après, obtenir ce certificat, quand il a été autorisé à partir pour la capitale :

Je soussigné Curé-Doyen d'Une, Ancien Supérieur de l'Institution S. Louis de Gonzague de Perpignan, certifie que M. l'abbé L. de Casamajor Curé de Soler, a passé une vingtaine d'années dans cet Établissement, soit comme professeur d'enseignement secondaire spécial, soit comme professeur de mathématiques, soit comme professeur de sciences physiques et naturelles; que, dans ces diverses fonctions, il s'est acquitté de ses devoirs avec distinction, zèle et succès; que, de plus, par dévouement, il a prêté son concours le plus actif à la discipline de la Maison; qu'il aimait à favoriser de tout son pouvoir la piété des élèves

soit en faisant les catéchismes préparatoires à la première communion soit en prêchant des retraites soit en présidant les Conférences de S. Vincent de Paul qui ont jeté le plus vif éclat et ont joui de la plus grande prospérité tant qu'elles ont été entre ses mains.

Elne, le 11 février 1897
L. Molins
ch. h.
Curé-Doyen

Dans l'intervalle, il a écrit successivement : un Cours élémentaire et un Cours moyen d'arithmétique, chacun avec partie du maître ; un traité complet d'arithmétique, à l'usage des candidats aux écoles du gouvernement ; le tout couronné, par la Société scientifique des Pyrénées-Orientales, d'une MÉDAILLE DE VERMEIL, la plus haute récompense qu'accorde cette Société.

Il trouvait assez de temps et Dieu lui donnait assez de forces pour s'occuper des malheureux Orphelins trop abandonnés de Perpignan, — et pour remplir les fonctions de sous-aumônier au pensionnat du Sacré-Cœur et au couvent de Sainte-Claire.

Devenu curé, il a vaillamment combattu pour le salut des âmes, contre les perfides efforts de la franc-maçonnerie, en fondant à Salses une école congréganiste ; il a soutenu au Soler les droits du curé, en arrachant une affiche que le Maire de la commune (franc-maçon zélé) avait fait appliquer à l'église pour interdire les processions (son droit légal et son devoir de curé), et a mérité du curé doyen de Millas le témoignage ci-après, au moment de quitter sa paroisse, avec le congé régulier de Mgr Gaussail, pour se rendre à Paris.

Je soussigné, chanoine honoraire, Curé doyen de Millas, certifie que M. l'abbé de Casamajor, Curé depuis quatre ans de l'importante paroisse du Soler, dans le Canton de Millas, y a rempli soigneusement toutes les fonctions du saint ministère. Prêtre de bonne doctrine, il a enseigné le catéchisme aux enfants et n'a point négligé l'exercice de la prédication évangélique; comme administrateur il a fait de grands travaux à l'église et au presbytère. Le zèle auprès des malades ne lui a certes pas fait défaut, ni la fermeté pour la défense de ses droits ou des droits de son église.

C'est avec bonheur que je me vois appelé, en ce qui concerne M. l'abbé de Casamajor, à rendre hommage à la vérité.

Millas, le 12 février 1897.

P. Casenueve ch. hon, Curé Doyen.

PAROISSE DE MILLAS
D. DE PERPIGNAN

En 1878 et en 1888, il se rendit à Paris pour assister, à l'occasion de l'Exposition universelle, à l'*Assemblée générale des Catholiques* et il admira la généreuse ardeur qu'avaient pour le bien des âmes et M. Chesnelong, président de la *Société d'Éducation et d'Enseignement,* et M. Keller, vice-président de cette Société ; — celle de M. d'Herbelot, de M. Fénelon Gibon... Il les vit prier avec ferveur dans l'église de Saint-Thomas d'Aquin, y faire pieusement la sainte communion,... et délibérer ensuite avec un grand esprit de foi et une expérience consommée ; il entendit les regrets qu'on exprimait de ne pouvoir suffisamment remédier à tous les maux causés à Paris par les sectaires impies : *on n'avait pas assez de prêtres!* Il fut heureux d'écouter une belle et sainte allocution de Mgr Richard.

Il entendit, la seconde fois, les plaintes faites par M. l'abbé Deleuze, qui était chargé des œuvres de Championnet, où il ne disposait, pour les œuvres multiples, que d'un petit nombre de prêtres : il en désirait davantage.

Une correspondance eut lieu entre M. Deleuze et M. de Casamajor, revenu dans le Midi. Enfin, on appela ce dernier par la lettre suivante :

DIOCÈSE DE PARIS

—◆—

ŒUVRES DU QUARTIER

DES

GRANDES-CARRIÈRES

174, Rue Championnet, 174

Paris, le 2 février 1897

Monsieur l'abbé

C'est aujourd'hui seulement que j'ai pu voir
M. Thomas le promoteur du diocèse de Paris. Il
m'a demandé des renseignements sur vous, je les lui
ai fournis aussi excellents que j'ai pu; Vous ne pourrez
pas faire partie du clergé de Paris, il paraît qu'on
ne reçoit personne après 40 ans, mais vous serez admis
au titre d'auxiliaire. — Je suis au regret de n'avoir
pu voir le Cardinal, les choses auraient marché plus
vite, mais j'espère bien que d'ici une huitaine de
jours vous pourrez être fixé.

Croyez, cher Monsieur l'abbé, à mes sentiments dévoués
et à mon désir de vous avoir pour collaborateur le
plus tôt possible.

O. J. Deleuze prêtre

Ainsi appelé à Paris à cause de son zèle, de son désir de bien travailler à Notre-Dame de Clignancourt, immense paroisse de 115.000 habitants, au salut des âmes, il s'y est rendu...

Il a continué, malgré ses différentes occupations, à écrire :

Pour obtenir plus sûrement l'ordre et la régularité dans les prières et les chants des églises paroissiales, un *Manuel de l'Enfant de chœur*, un *petit* et un *grand Paroissien*, *L'Enfant pieux* et *La Sainte Famille*.

Abbé de Casamajor.

— Pour défendre l'enseignement catholique, un ouvrage ayant pour titre *Hétérogénie, Darwinisme et Transformisme,* qui a eu la Mention honorable de la Société scientifique de Perpignan (Sa première partie seulement était composée) ; — *Les erreurs de l'optimisme scientifique* (Traduit de l'espagnol) ; — *La vraie science n'est pas en faillite.* (Voir page 74).

Et il est Rédacteur en Chef des **Annales de Notre-Dame du Bon Conseil.**

41. — *La comtesse* **Delphine** DE CASAMAJOR a eu, dans sa jeunesse, la piété la plus franche et la plus vraie. Elle a très habilement aidé, par son travail et sa charité, — le zèle ardent de Mgr Ramadié, évêque de Perpignan, dont les sacrifices furent employés à fonder l'Institution Saint-Louis de Gonzague ; — le dévoue-

SOCIÉTÉ
AGRICOLE, SCIENTIFIQUE & LITTÉRAIRE
DES PYRÉNÉES-ORIENTALES.

Perpignan, le 10 Xbre 188~

Monsieur l'abbé de Casamajor

J'ai l'honneur de vous annoncer que la Société Agricole, Scientifique et Littéraire vous a décerné.

Une Mention Honorable

Vous êtes prié d'assister à la séance publique de la Société qui se tiendra le *Dimanche 18 Décembre* à *2 ½* heures (*Salle Arago*). pour y recevoir cette récompense.

Veuillez agréer l'assurance de mes sentiments distingués.

Le Secrétaire-Général,

Pour la Société :
Le Président,

Léon Ferrere

Typ. Ch. Latrobe. 23004

ment du Curé de Saint-Jacques, en donnant son concours au chœur de chant de cette paroisse ; — les études de ses

Comtesse Delphine de Casamajor
(Maîtresse des Novices).

frères Louis et Nestor, études qui l'intéressaient beaucoup... Elle a ainsi attiré sur Elle les bénédictions du Ciel et, en 1875, a pu être accompagnée par son frère Louis à la *Sainte-Famille de Bordeaux*. Elle alla bientôt à Royaumont, d'où elle partit la même année pour fonder un noviciat en Espagne, avec Mère Saint-Eusèbe. Elle y est restée vingt-sept ans en tout. D'abord, Maî-

tresse des Novices à *Getafe*, puis à *Hortaleza*, Sœur **Marie de Jésus** (son nom de religion), est devenue la *Supérieure* de l'**Orphelinat royal** Marie-Christine, à **Aranjuez,** où elle a succombé le 10 juillet 1903, victime de son zèle et de la pénible impression, faite en son âme par les mesures qu'on a prises en France contre les Congrégations religieuses. N'y a-t-il pas lieu de rappeler encore la devise de nos armes :

Comtesse Delphine de Casamajor supérieure du collège Marie-Christine

FORTITUDINE ET VIRTUTE MAJORES ?

Puisse-t-elle déjà goûter les joies de la vision béatifique ! R. I. P.

42. — *Le comte Nestor* est ingénieur-comptable des chemins de fer, en résidence à Montpellier, où il

Comte Nestor de Casamajor.   Comtesse Marie de Casamajor.

s'est dévoué, pendant un incendie, afin de sauver une femme aux prises avec les flammes, et a reçu, dans cette occasion, plusieurs blessures.

Voici l'ordre du jour dont il a été l'objet à cette occasion :

2ᵉ Régiment du Génie.

ORDRE DU JOUR DU 1ᵉʳ FÉVRIER 1878.

Le Colonel est heureux de porter à la connaissance du Régiment l'acte de dévouement accompli par le 2ᵉ Sapeur Mineur *de Casamajor* de la 16/2 matricule E. 5. dans la circonstance suivante :

Samedi soir vers 6 heures, ce sapeur mineur passant dans la rue de la Barrallerie, entendit les cris de : *Au feu ! Au secours !* Ne consultant que son courage, il s'élança immédiatement dans la maison d'où partaient ces cris, et trouva, au 3ᵉ étage, une femme âgée dont les vêtements étaient en flammes. Il essaya aussitôt d'éteindre le feu ; mais, se trouvant seul et ne pouvant y parvenir, il la prit dans ses bras au risque de se brûler lui-même et la descendit jusqu'au rez-de-chaussée où il fut aidé par les habitants.

DE CASAMAJOR, dans cette circonstance, *a eu 3 doigts de la main gauche brûlés* dont un assez grièvement.

Le Colonel est heureux de lui adresser ses félicitations par la voie de l'ordre et il espère que ses blessures seront sans gravité.

Le Colonel,

Signé : Brunon.

Son zèle pour les familles pauvres, dans les Conférences de Saint - Vincent de Paul, lui a valu du bon Dieu une grande ardeur pour les œuvres de la Mutualité, ce qui lui a obtenu d'être successivement officier d'Académie, officier de l'Instruction publique, chevalier de la Légion d'honneur.

*
* *

43. — La *comtesse Ursule,* après avoir obtenu ses Brevets chez les Sœurs de l'Immaculée-

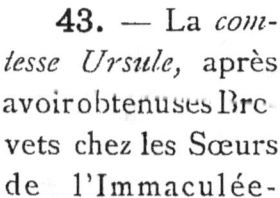

Comtesse Ursule de Casamajor.

Conception à Montpellier, a eu le généreux courage de consacrer ses journées à la formation et l'éducation des orphelins indigents de Perpignan, puis des Enfants appartenant aux Jardiniers de la Banlieue de cette ville (côté du Haut-Vernet).

Elle a voulu ensuite tenir compagnie à sa vieille mère auprès de laquelle, à l'heure présente, elle se trouve pour lui prêter son assistance.

Fils du Comte Nestor de Casamajor, 1896.

*
* *

44. — Le *comte Nestor*, marié à Dame *Marie* PUJOL, a eu cinq enfants : *Louis, Jules, Henri, Gabriel, Léon.*

A la suite d'un malheureux accident, **Léon** est mort à Montpellier.

Si le *vicomte Gabriel* doit encore, en ce moment (1905), subir ses examens de Polytechnique, les autres occupent déjà diverses parties du monde :

Le *vicomte Henri,* à Toulon, partage en France le sort des marins ;

Le *vicomte Jules* est en Afrique, où il est heureux ;

Le *comte Louis* a voulu voir par lui-même l'effet des expériences sociales qui se font en Australie.

Puissent les traditions de la famille DE CASAMAJOR
ne point cesser ! Puissent-elles, par leur durée, justifier
encore la vérité de la belle devise : FORTITUDINE ET
VIRTUTE MAJORES.

CLÉMENT BOISSIER

Juillet 1905.

NOTES ADDITIVES
ET TÉMOIGNAGES COMPLÉMENTAIRES.

Quand nous avons écrit cette brochure, nous avons eu le dessein de condenser, aussi brièvement que nous le pourrions, les chapitres dont elle est formée.

Or, des renseignements nous sont parvenus, dont nous tirons cette conséquence : nous serons agréable à nos Lecteurs, si nous y ajoutons quelques mots et quelques citations complémentaires.

Nous croyons dès lors devoir les grouper ici, en peu de mots.

A la fin du n° 13, page 17, *on lira le passage qui suit :*

Evidente par elle-même, cette étymologie de *Casamajor* est assez heureusement confirmée par le blason de

« Guillaume CASEMAIOU, *Docteur Régent en l'Université de Toulouze, Abbé de Lisle et Grand Archidiacre de Toulouze.* »

Il portait :

De gueules à la maison *d'argent, au chef d'azur chargé de trois étoiles d'argent.*

(Armorial général d'Hozier : T. 15, Languedoc, f° 1832.)

Après le point de suspension de la page 28, *se trouvent, dans le texte original, les lignes suivantes :*

«... **Pierre** *de* **CASAMAJOR**... fut fait... capitaine des Bandes Béarnaises, au quartier de Sauveterre, suivant la commission du 2° juin 1674... Il eut pour fils **Arnaud** *de* **CASAMAJOR** Ecuyer, Seigneur de Gestas, qui servit en qualité de garde du corps de Sa Majesté depuis le 9 mars 1704 jusqu'au 30 avril 1714. Il contracta un mariage avec D^lle *Marguerite de Casamajor-Treslay,* fille de Noble Jean de Casamajor-Treslay avocat au Parlement, par contrat du 8 novembre 1723... Il eut six enfants : 1er Pierre qui fit hommage de sa Terre de Gestas le 26 septembre 1750 ;

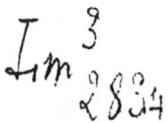

2ᵉ, *Jean*, le premier des demandeurs ; 3ᵉ, Jacques ; 4ᵉ **Joseph**, le second des demandeurs et père du sujet qui se présente pour entrer au service ; 5ᵉ, Antoine, et enfin *Elisabeth* (1) mariée à Noble Pierre de Férendes d'Osserant...

Les autres demandeurs descendent de **Josué** *de* **Casamajor**, sieur de Jasses, de Charritte, de la Salle-de-Charritte et de Lepos ; il était fils cadet de *Guiche*-**Arnaud** *de* **Casamajor** (2) : il avait épousé Dᶫˡᵉ Jeanne de Sarignoyhen, Dame de la noble maison et Salle de Charritte. Les suppliants produisent sur ce Degré 1° une quittance qu'il donna à son père le 23 février 1610. 2° Un contrat d'acquisition qu'il fit conjointement avec sa femme le 12 avril 1613, un bail à ferme du 8 mai 1616, et un contrat de vente du 25 avril 1625 dans lesquels il fut qualifié noble...

Jean-Vincent de Charritte... qui obtint, en considération de ses services, de la longue et ancienne possession de noblesse de sa famille... des lettres au mois de mars 1743, portant érection en marquisat de sa terre de Charritte (3)... Il résulte de ce détail que la famille des suppliants est en possession publique et constante de la noblesse ; que les uns ont donné *des preuves signalées de leur bravoure et de leur courage* dans le service de Sa Majesté, et les autres dans les hautes places de la Magistrature qu'ils rem-

(1) Les prénoms *Jean, Joseph*, Elisabeth, on le voit, se retrouvent encore ici et montrent bien que les personnes désignées appartiennent à la même famille (Voir, à la page 35, la fin du n° 27).

(2) Ces mots ne prouvent-ils pas avec évidence que les *Charritte* proviennent certainement de la famille *de Casamajor* ?

Cela, d'ailleurs, découle des lignes suivantes empruntées à deux extraits du *Nouveau d'Hozier, 83* : 1° « Du 1ᵉʳ mars 1759... Il ne peut y avoir aucun doute sur les faits que j'y avance. Je n'ay pas voulu d'ailleurs grossir mon volume en vous envoyant les titres de ma descendance depuis *Jean de Casamajor*, frère de Théophile, parce qu'ils étaient inutiles... *Casamajor*.

2° « A Sauveterre le 1ᵉʳ mars 1759. — Le sieur abbé *de Casamajor Salabert*... est en possession de cette cure (Buzy, dans la vallée d'Osseau)... *M. de Charritte se trompe lorsqu'il soutient qu'il ne sort pas de la même souche que nous*, comme vous le verrés de mon mémoire. » — Voici, en effet, la raison donnée par M. de Charritte : « Gui-Arnaud de Casamajor, seigneur de Jasses, était assistant au contrat de mariage comme parent d'Ester de la Vergne et non comme parent de Jean de Casamajor. » *Raison* qui ne prouve point, ou peut même être invoquée dans le sens opposé ; *raison* toutefois qui met en évidence une contrariété légitime provenant d'une alliance contractée avec un membre de la famille protestante *de Majendie* (Dufau de Maluquer, notices généalogiques, Pau, 1892.)

(3) Cette affirmation le montre : c'est au mois de mars de l'année 1743 que les de Charritte obtinrent le *marquisat*.

plissent depuis trois générations (1)... Or, les Suppliants ne se bornent pas à une simple possession de cent années ; leur possession remonte au moins à 1574, en sorte qu'ils sont en possession de 215 ans et elle est bien antérieure au terme prescrit par la loi (2)...

*
* *

A la fin du n° 37 (page 57), on pourra lire le passage suivant :

Le zèle patriotique de la famille est bien caractérisé,

1° par le blason de « **Pierre** de CASAMAJOR, *conseiller du Roy, Juge au Sénéchal de Sauveterre* ».

Il portait **D'or, au CASQUE NATUREL** (Arm. d'Hozier, T. III, Béarn ; f° 67).

2° par celui de « N... DE CASAMAJOR, *Conseiller du lieu de Niort, ci-devant capitaine d'une compagnie franche et pensionnaire du Roi.*

Il portait
D'azur, A L'ÉPÉE D'OR posée en pal.
(Arm. gén. d'Hozier : T. 15, Languedoc, f° 1974.)

(1) Comme ce passage confirme le choix de la devise adoptée par la branche de famille **Etienne de Casamajor** ! C'est le cas de relire le n° 37, à la page 57.

Pour mieux comprendre ce choix, il suffit de connaître cet intéressant passage de M. Petitot : « Cet ordre de chevalerie (l'Annonciade) a été institué par Amé, sixième du nom, comte de Savoye, surnommé *le chevalier verd*, l'an 1355. Le collier de cet ordre est d'or fait à trois lacs d'amour, esquels sont entrelassez ces mots : FERT, FERT, FERT, dont chaque lettre donne son nom latin : F, **fortitudo** ; E, *ejus* ; R, *Rhodum* ; T, *tenuit* ; qui est à dire : *sa force a conquêté Rhodes.*

Amé institua cet ordre, en mémoire et souvenance d'*Amé le Grand*, comte de Savoye, son prédécesseur, lequel par sa valeur avait secouru si bien les chevaliers de Saint-Jean de Jérusalem, qu'ils emportèrent et se rendirent maîtres de l'isle de Rhodes sur les Mahométistes. Cet ordre est appelé de l'Annonciade, à cause de la médaille d'or qui pend à un chaînon du collier, et qui représente *la Sainte Vierge saluée par un ange.* »

(Collection des mémoires relatifs à l'histoire de France, par M. Petitot ; T. XLVII, p. 232. Edition de Paris, 1825.)

(2) C'est la confirmation des paroles employées par *Don Fors*, dans sa lettre du 30 avril 1841 (page 60) : « ...Je n'étais pas venu faire visite à **l'antique Maison de Casamajor** », et de la lettre suivante extraite du *Nouveau d'Hozier* : « J'ai creu que le contract de mariage de **Jean de Casamajor** mon troisième ayeul vous serait nécessaire tant pour la nobilité accordée par Henry le Grand que pour une plus ample preuve de filiation de Théophile de Casamajor... A Sauveterre le 14 septembre 1768. »

(Du Nouveau d'Hozier, 83, — 1599 bis, f° 2.)

*
* *

La lettre si touchante écrite par les consuls d'Ille vers 1646, à la Reine régente, confirme bien *le début* du 1er paragraphe de la page 55.

S. C. Reyna regente.

Señora nuestra.

Viendonos abatidos de la fortuna estos sus fidelissimos vassalos de Vuestra Magestad de la Villa de Illa, despues de muchos medios, que havemus tomado, para atirarla ; no hallamos otro mas à proposito (por no murir mudos y sin dar algunas razones de nuestras agonias) que presentarnos por medio de nuestro sindico à la piedad, y iustitia, que son entre las demas virtutes, las que iamas quitan à V. M. à cuius reales pies presentamos sin distraz estos papeles (obiecto de nuestra persistida peticion) con esperança que seran admitidos con la magnanimitad que se deve à tan iustas quexas, tan lastimables, tan lamentables, y tan desconfiadas de otro amparo y protection : para no desmerecer la union à la Real corona de V. M. que viva largos años como necessita el orbe y mas los que nos preciamos sin exception ser

De V. C. y Real Magestad,
Sus mas humildes, fieles y apassinados Vassalos, que sus reales manos besan.
Los Consules de la Villa de Illa.
(Manuscrit espagnol de la Bibl. nationale, 337, folio 381.

À Madame très chrétienne, la Reine régente.

Notre Souveraine,

Nous, de la Ville d'Ille, les très fidèles vassaux de Votre Majesté, — après avoir pris bien des moyens, — nous venons, abattus par l'infortune, attirer votre attention. Nous n'avons pas d'autre projet (pour ne pas mourir muets et sans donner quelques raisons de nos angoisses) que de nous présenter, par l'intermédiaire de notre syndic, à la piété et à la justice qui sont, parmi vos diverses vertus, celles qui n'abandonnent jamais Votre Majesté, aux pieds royaux de qui nous présentons très humblement ces papiers documentaires (objet de notre demande persistante), ayant l'espérance qu'ils seront reçus avec la magnanimité qu'on doit à des plaintes si justes, si pénibles, si lamentables et si dénuées de tout autre secours et protection ; — que nous pourrons ne point démériter notre union à la couronne royale de Votre Majesté qui vive de longues années comme le monde le rend nécessaire et bien plus, ceux qui, sans aucune exception, se disent

De Votre très chrétienne et royale Majesté,
Les Vassaux très humbles, très fidèles et très soumis
Qui baisent vos mains royales,
Les Consuls de la Ville d'Ille.

Armoiries de la Ville d'Ille :

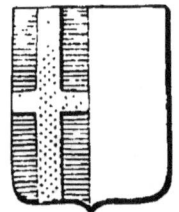

Ecu à 2 pals : le 1, d'azur chargé d'une croix d'or, le 2, d'argent.

(Armorial général d'Hozier, T. 15, Languedoc et Roussillon, folio 2394.)

On pourra compléter la lecture de la page 55

(fin du 2º paragraphe), *par celle de la lettre qu'écrivit,* en 1643, *Gabriel* **Pujol,** *syndic d'Ille, pour demander que la Ville devînt désormais Ville royale.*

Supplication dada à la Magestad de Luis 13 (de felice memoria) por parte la Villa de Illa.

Señor,

Gabriel Pujol, *síndico de la Villa de Illa representa que la merced, que en Narbona Vuestra Magestad fue servido hazer à dicha Villa (por haver sido la primera que se opuzo à la tirania y exercito de los enemigos y deffendida dos vezes del) de franqueza de aloyamientos de gente de guerra y de diez mil ducados sobre las confiscationes de los mal affectos : para redificar los muros y torres, que el enemigo derribo con sus baterias y pagar lo que deven ; por haver acutido al real servicio de Vuestra Magestad, y como de lo sobre dicho, ni de la merced que quatro mezes à fue servido* HAZER A DICHA VILLA DE AGREGARLE A SU REAL PATRIMONIO *pagando à V. M. los mismos drechos que de antes al Marques de Aitona, no sele a dado despatxo alguno. Dicho síndico supplica muy humilmente à V. M. sea servido aconsolar y hazer gracia y favor a dicha villa de mandar :* que se le den los azostumbrados privilegios : *que ademas que con esto podran mejor proseguir su Real servitio las demas Villas de Cathaluña se alentaran y des-*

velaran por servir à V. M. y todos los moradores de dicha Villa de Illa rogaran por la salud, vida y augmento de la Real corona de V. M.

Gabriel PUJOL *sindico de la Villa de Illa.*

(Manuscrit espagnol de la Bibliothèque Nationale, 337, f° 391.)

Supplique adressée à S. M. Louis XIII, d'heureuse mémoire, en faveur de la ville d'Ille.

Sire,

Le syndic de la ville d'Ille, *Gabriel* PUJOL, vous rappelle que la récompense accordée par Votre Majesté à la ville de Narbonne (pour avoir été la première qui s'est opposée à la tyrannie et à l'armée des ennemis et s'en être défendue deux fois), a été donnée *pour* la franchise des logements des gens de guerre et des dix mille ducats dus à cause des confiscations des biens de ceux qui ont été frappés ; *pour* relever les tours et les murs que l'ennemi avait démolis avec ses batteries et payer ce qui était dû ; *pour* avoir participé au royal service de V. M. ; comme je l'ai dit plus haut, à cette faveur que, depuis quatre mois, vous avez été supplié d'ajouter la ville d'Ille à votre patrimoine royal en lui faisant payer à V. M. les mêmes droits qui étaient précédemment dus au Marquis de Aitona, on n'a donné aucune suite.

Le dit syndic demande très humblement à V. M. qu'Elle daigne nous consoler et ordonner que la dite Ville ait cette faveur, qu'on lui accorde les privilèges habituels. Avec cela, d'ailleurs, Ille accomplira mieux son devoir au service royal ; les autres Villes de Catalogne prendront courage et seront prêtes à remplir toujours le service de V. M.

Tous les habitants de la dite ville d'Ille prieront pour la santé, la vie et l'accroissement de la couronne royale de V. M.

Gabriel PUJOL, *syndic de la ville d'Ille.*

**
* **

Acceptation *de la demande faite par le Syndic d'Ille.* Voici la lettre écrite, le 25 avril 1643, aux Consuls et au conseil de la ville d'Ille, au nom de Louis XIII.

« A nos chers et bien Amés les Consuls et Conseil de la ville d'Ille en Roussillon.

De par le Roy.

Chers et bien Amés,

Nous avons receu favorablement la supplication qui Nous a
esté faite de vostre part, à ce que nous eussions agréable de
rendre la Ville d'Ille Ville Royale et indépendante d'aucun
particulier : comme aussi de l'exempter des logements de gens de
guerre et la faire payer de la somme de trente mil livres que
Nous lui avons accordé cy-devant, pour les dommages que vous
avés souffert. Quand à ce point, Nous avons fait délivrer l'expé-
dition à votre scindic, mais pour ce qui est de rendre Royale la
dite Ville, vous devés sçavoir : que Nous avons résolu de ne
point disposer pour le présent de la propriété des biens qui ont
été confisqués sur les mal affectionnés, ny au profit d'autruy, ny
au nostre : de sorte que Nous pouvons vous accorder ce que
vous désirés pour ce regard ; néaumoins comme nous ne dispo-
serons desdits biens en faveur de personne, aussi n'aurés-vous
cependant aucune dépendance de Nous qui serons toujours tres-
aises de traitter favorablement vostre communauté sçachant avec
quelle valeur et courage vous avez repoussé les efforts des enne-
mis. Pour ce qui est de l'exemption des logements de gens de
guerre, Nous vous renvoyons à Nostre très-cher et bien-Amé
Cousin le Maréchal de la Motte, capitaine et Nostre Lieutenant
Général en Catalogne, pour Nous estre par lui donné avis si c'est
chose que Nous vous puissions accorder, sans préjudice du
public.

Donné à Saint-Germain-en-Laye ce vingt-cinquième avril
mil six cent quarante-trois.

LOUIS

Bouthillier.

A la Ville d'Ille.

*
* *

Après la devise *qui se trouve à la page 59*, on
pourra lire la note suivante :

La valeur et la générosité sont représentées à la
fois par deux lions, dans les Armes de « *Jeanne* de
Mesplées, femme de **Jean** *de* CASAMAJOR, seigneur
de Vianne. »

Il portait *D'or au chevron d'azur, accompagné en chef
de* **deux lions** *d'argent.*

(Arm. gén' d'Hozier : T. III, Béarn ; f° 57.)

*
* *

Au commencement de la page 83 *et après le premier paragraphe, il sera utile d'ajouter les remarques suivantes :*

D'autre part, l'acte signé par le baron de Breteuil en 1787 (page *26*), cite JEAN *de* CASAMAJOR comme étant le père de **Joseph** *de* **Casamajor.** Mais, JEAN *de* CASAMAJOR dont nous parlons à la page 35, n'en est-il pas l'arrière-petit-fils ?

De même, les *Archives de Perpignan* parlent (p. 41) d'une rente due à la communauté de Saint-Jacques, en 1719, par FRANÇOIS *de Casamajor*. Or, l'acte rédigé le 22 septembre 1787 par le baron de Breteuil cite comme frère de **Joseph** *de Casamajor* (p. 26) le marquis de Charritte FRANÇOIS *de Casamajor,* président du Parlement de Navarre. La différence des dates, 1787 — 1719 = 68 ans, ne répond-elle pas à celle de l'âge que pouvait avoir aux dates correspondantes, d'abord FRANÇOIS enfant, et plus tard FRANÇOIS, président du Parlement de Navarre ?

Cette identité de noms et de prénoms, aux mêmes époques, pour plusieurs membres de la même famille ne prouve-t-elle pas l'identité de ces personnes ? L'emploi des mêmes prénoms *Jean, Joseph,* Elisabeth que nous retrouvons dans la citation complémentaire de la page 83 (voir aussi à la page 35, la fin du n° 27) ne le montre-t-il pas encore ? Et d'ailleurs...

Cl. BOISSIER.

TABLE DES MATIÈRES

TABLE ALPHABETIQUE

D. S. B.

PARIS

IMPRIMERIE DES ORPHELINS-APPRENTIS, F. BLÉTIT

40, RUE LA FONTAINE, 40,

1209-05